點餐・購物
日本語

全MP3一次下載

9786269546619.zip

此為ZIP壓縮檔,請先安裝解壓縮程式或APP
iOS系統請升級至iOS 13後再行下載
此為大型檔案,建議使用WIFI連線下載,以免占用流量,
並確認連線狀況,以利下載順暢。

INSTRUCTIONS
本書構成與使用方式

本書共分「飲食篇」和「購物篇」兩部，顧名思義分別介紹推薦在日本吃吃喝喝，和買各式物品的地方。

PART

1

想吃想喝，至少要知道這些！

到日本大吃大喝之前，先理解這些資訊會非常有幫助。先來暖個身吧！

這裡介紹翻譯、找路、搜尋等各種實用的APP。

這裡整理了30則一定要知道的生活用句，以及點餐、付錢時必備的數字、貨幣相關日語。

線上隨刷隨聽 MP3音檔

為幫助熟悉母語人士的語調和發音，本書以QR碼方式免費提供MP3檔案，使用智慧型手機掃描頁面中的QR碼，馬上就可以聆聽。

注意事項

書中介紹的餐廳、商店等資訊以東京地區為主。

書中介紹的餐廳、商店，在出版後可能有異動，若要前往請務必先確認。

另外注意日語文法中原本沒有空格，本書為了方便初學者閱讀，特別將日語句子以空格分開。

PART 2

徹底吃喝吧！菜單全解析

知道的愈多，越能吃得美味豐富！
這章節收錄了實際點餐、購買時的必備內容，一邊吸收資訊，一邊學習日語吧！

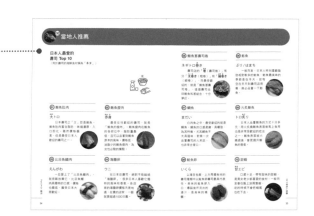

當地人推薦

這裡介紹作者在日本生活八年之中精選出的菜單和餐廳。

跟著看菜單

從現在起，不用再盲目跟著別著點餐！這裡將一一介紹菜單中的食物。

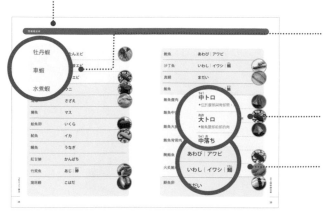

餐點介紹會依序列出中文翻譯和日語名稱。

為幫助理解，增加單字說明。

若有這種食物有多種的日語説法，都會在這裡列出。

馬上就能用的會話

這裡介紹能在餐廳直接使用的會話，只要知道前面介紹的各種單字和幾個句子，就能開始享受日本旅行了！

會依序列出中文翻譯和日語。遇到可以替換單字的情況，會在下方劃線標示。

想要購物，至少要知道這些！

到日本購物之前，先理解這些資訊會非常有幫助。先來暖個身吧！

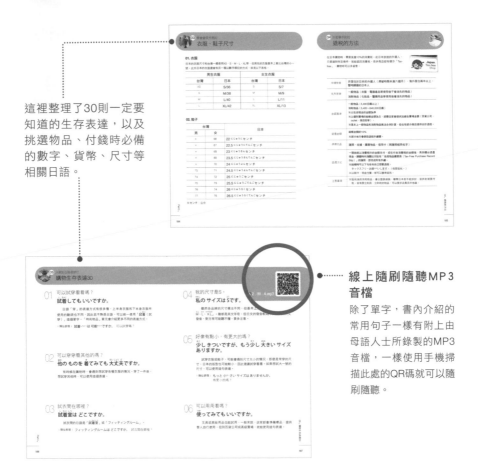

這裡整理了30則一定要
知道的生存表達，以及
挑選物品、付錢時必備
的數字、貨幣、尺寸等
相關日語。

線上隨刷隨聽MP3
音檔

除了單字，書內介紹的
常用句子一樣有附上由
母語人士所錄製的MP3
音檔，一樣使用手機掃
描此處的QR碼就可以隨
刷隨聽。

注意事項

書中介紹的購物中心、商店等資訊，以東京地區為主。
書中介紹的購物中心、商店，在出版後可能有異動，若要前往請務必先確認。
日語中沒有空格，本書為了初學者方便，特別將日語句子空格。

徹底購物吧！購物清單全解析

知道的愈多，買起來會更豐富！

這裡收錄了實際購物時的必備內容，一邊獲取資訊，一邊學習日語吧！

當地人推薦

這裡介紹作者在當地生活八年精選出的必買好禮和值得一逛的店家。

跟著看購物清單

從現在起，不用再盲目的跟著別人瞎買！這裡會一一介紹到日本必買的好東西。

商品介紹會依序列出中文翻譯和日語名稱。

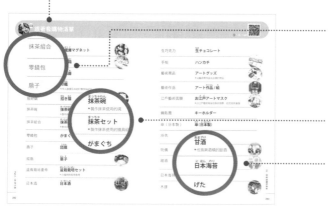

部分我們較不熟悉的商品，會再增加說明來幫助理解，

若有這種商品有多種的日語說法，都會在這裡列出。

馬上就能用的會話

這裡介紹能在購物時直接使用的會話，只要知道前面介紹的各種單字和幾個句子，就能開始享受日本旅行了！

此處會依序列出中文翻譯和日語。遇到可以替換單字的情況，會在下方劃線標示。

餐桌上和購物時的日語，都在這裡了！

2020年1月日本政府觀光局（JNTO）公布，2019年間訪日的台灣觀光客達489萬，創下歷史新高。除了兩國距離相近之外，廉價航空（LCC）的發達，也帶動觀光的人潮。因為希望讓大家能夠具備旅遊日本的基礎會話，讓旅遊更順暢、享受，我執筆寫了這本書。

即將旅行的你，要從基礎日語學起，可能有些費時。因此，這本書以旅遊必備、回答必備的日語為主軸。玩日本必備的就是吃美食和購物，書中也以美食和購物為主題，列出必備的日語單字。

筆者住在日本八年，在日本各地旅遊超過20次，本書中除了根據這些我自己的經驗，整理出各種旅遊必備日語之外，在「當地人推薦」單元中也會介紹日本友人的推薦、當地媒體報導過的地點和事物、以及我自己吃過或用過的好東西。其中，有許多不為人知的地點和東西，務必仔細確認！

希望各位能透過這本書，進行一場愉快的旅行，也非常感謝出版這本書的出版社和相關人員。

康翰娜

TABLE OF CONTENTS 📖
目錄

PART 1

想吃
想喝，
至少要
知道這些！

PART 2

徹底
吃喝吧！
菜單
全解析

PART 3

**想要購物，
至少要
知道這些！**

PART 4

**盡情買吧！
購物清單
全解析**

想吃想喝，
至少要知道
這些！

跟著學菜單日語

旅遊APP使用方式

01. 找路APP

❶ Google maps

尋找東京車站到淺草站的路線

❶進入下載APP的畫面，按「搜尋」。

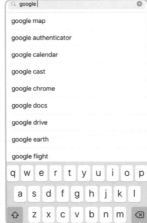

❷在搜尋處輸入「Google maps」。

❸點選「下載」然後「安裝」。

❹進入Google maps畫面後，搜尋目的地「淺草站」，再按「路線」。

❺輸入出發地點「東京站」。

❻系統會出現最快的大眾交通工具。

⑦也可以使用UBER代步。

⑧點選希望的路徑,會出現詳細路線。

⑨點選、放大地圖畫面,能看到更詳細的路線。

❷ Japan Travel

❶設定出發地和目的地,可以查看大眾交通、汽車路徑

❷離線狀態也能確認地鐵、觀光中心、換錢所、免費WIFI等地點

❸ UBER

❶在日本也可以使用的計程車預約服務

❷輸入目的地,可預估費用

❸可搜尋司機照片、車輛資訊、現在位置

❹可使用信用卡、現金、Apple pay、Android pay等支付方式

02. 外語APP

❶ Google翻譯

❶輸入文字或錄音，可翻譯103種語言
❷可以用相機拍下文字來翻譯37種語言

❸也可以用手寫來輸入需翻譯的文字
❹離線狀態也可以翻譯

❷ Papago 翻譯（NEVER）

❶和外國人對話時，可將自己想說的內容翻成對方的語言，也能將對方的語言翻成自己的語言
❷目前（2022年6月）還是沒有支援繁體中文的語音翻譯

❸拍照翻譯
❹內容翻譯
❺可以搜尋各國對話，也能離線翻譯

03. 觀光時用的上的APP

❶ TripAdvisor

❶可以觀看無數旅客留下的評論和照片
❷透過比較分析，找出最佳的機票和飯店
❸找出所在位置距離最近的景點
❹搜尋餐廳與線上預約

❷ 易匯率 €

❶即時的匯率換算器
❷要換匯時可用來確認匯率

04. 其他便利APP

❶ 旅外救助指南（外交部）

❶台灣外交部提供的危機狀況處理指南APP
❷旅遊警報消息、疫情警報

❷ Payke

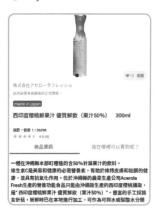

❶透過此APP掃描商品條碼，就
會用中文顯示出該商品的資料
❷此外也提供商品評分，買的時
候可參考別人的評論

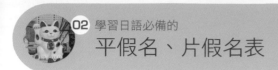

平假名、片假名表

01. 平假名

	あ段	い段	う段	え段	お段
あ行	あ a	い i	う u	え e	お o
か行	か ka	き ki	く ku	け ke	こ ko
さ行	さ sa	し shi	す su	せ se	そ so
た行	た ta	ち chi	つ tsu	て te	と to
な行	な na	に ni	ぬ nu	ね ne	の no
は行	は ha	ひ hi	ふ hu	へ he	ほ ho
ま行	ま ma	み mi	む mu	め me	も mo
や行	や ya		ゆ yu		よ yo
ら行	ら ra	り ri	る ru	れ re	ろ ro
わ行	わ wa				を wo
	ん n				

02. 片假名

	ア段	イ段	ウ段	エ段	オ段
ア行	ア a	イ i	ウ u	エ e	オ o
カ行	カ ka	キ ki	ク ku	ケ ke	コ ko
サ行	サ sa	シ shi	ス su	セ se	ソ so
タ行	タ ta	チ chi	ツ tsu	テ te	ト to
ナ行	ナ na	ニ ni	ヌ nu	ネ ne	ノ no
ハ行	ハ ha	ヒ hi	フ hu	ヘ he	ホ ho
マ行	マ ma	ミ mi	ム mu	メ me	モ mo
ヤ行	ヤ ya		ユ yu		ヨ yo
ラ行	ラ ra	リ ri	ル ru	レ re	ロ ro
ワ行	ワ wa				ヲ wo
	ン n				

數字、貨幣

01. 基數

❶ 個位、十位數

1	いち	10	じゅう
2	に	20	にじゅう
3	さん	30	さんじゅう
4	し／よん	40	よんじゅう
5	ご	50	ごじゅう
6	ろく	60	ろくじゅう
7	なな／しち	70	ななじゅう
8	はち	80	はちじゅう
9	きゅう／く	90	きゅうじゅう

4、7、9的讀法有兩種。「4（し）」、「7（しち）」都從「し」開始發音，所以為了區分這兩個數字，4常會改唸「よん」，7則會唸「なな」。9的發音和日語的「苦」一樣，為區分主要唸「きゅう」。0通常唸「ゼロ」或「れい」，外來語念法的「ゼロ」也很常見。

❷ 百位數

100	ひゃく	600	ろっぴゃく
200	にひゃく	700	ななひゃく
300	さんびゃく	800	はっぴゃく
400	よんひゃく	900	きゅうひゃく
500	ごひゃく		

300、600、800有「連音」，發音會有變化，要多注意。

例）358　　さんびゃくごじゅうはち

　　836　　はっぴゃくさんじゅうろく

❸ 千位數

1,000	せん	6,000	ろくせん
2,000	にせん	7,000	ななせん
3,000	さんぜん	8,000	はっせん
4,000	よんせん	9,000	きゅうせん
5,000	ごせん		

請注意3,000的發音方式。

❹ 萬位數以上

10,000	まん／いちまん
100,000	じゅうまん

中文的10,000可以只講「萬」，但日語前方一定要加「いち」，念作「いちまん」。

02. 序數

一個	ひとつ	六個	むっつ
二個	ふたつ	七個	ななつ
三個	みっつ	八個	やっつ
四個	よっつ	九個	ここのつ
五個	いつつ	十個	とお

03. 貨幣

基數 ＋ 円（えん）

例）320円　　さんびゃくにじゅうえん
　　6,800円　　ろくせんはっぴゃくえん

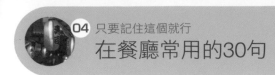
01 那個。／不好意思。

すみません。

日語的「すみません」可以用於各種狀況。直譯是「抱歉」的意思,但根據文脈和場合不同,用途也各自不同。在餐廳呼喚服務生時講「すみません」只是要吸引對方注意,翻成中文會是「那個～」,聽不懂對方說的話時,說「すみません?」並提升語尾音調,就是要求對方再講一次的意思。

當然,也可以用作「抱歉」的意思,不過如果要道歉,使用「ごめんなさい」是更有禮貌的表達方式。

| 類似表現 | ごめんなさい。　抱歉。

02 謝謝。

ありがとうございます。

想要在餐廳表達感謝時可以這樣講。此外,也可以說「どうも」和「サンキュー」。「どうも」是「どうもありがとうございます」省略後半的型態,多用於客人向店員表示謝意之時。另外,「ありがとう」是比較不禮貌的常體表達,如果關係沒有特別親近,使用時要多注意。

| 類似表現 | どうも。　謝謝。
サンキュー。　謝謝(Thank you用日語發音的講法)。

03 這裡(開)到幾點?

ここは 何時までですか。
<small>なん じ</small>

日本有許多店家的關門時間意外的早,進入餐廳或咖啡店時,建議先確認一下什麼時候關店。午餐時段大多開到 14 點 30 分或 15點,不少店家會訂定最後點餐時間,最好也事先確認。

| 類似表現 | ここは 何時<small>なんじ</small>まで やってますか。　這裡營業到幾點?
ラストオーダーは 何時<small>なんじ</small>までですか。
最後點餐時間是幾點?

04 要等多久？
どのぐらい 待ちますか。

用餐時間到來，美食名店經常大排長龍，不過，寶貴的旅遊時光總不能浪費在用來排隊，不如就直接問一下大概要等多久吧！要注意的是，餐廳通常會特地告知較長的等待時間，實際等待時間可能會較短。

| 類似表現 | どのぐらい 並びますか。　排隊要排多久？

05 有中文菜單嗎？
中国語のメニューは ありますか。

日本很多餐廳都只有日語菜單，但菜單上有附上中文的餐廳也不是沒有。如果沒有中文菜單，可以問問有沒有英文菜單，或是餐點的照片。

| 類似表現 | 英語 メニューは ありますか。　有英文菜單嗎？
メニューの 写真は ありますか。
有餐點的照片嗎？

06 這家店最受歡迎的是什麼？
この お店で 一番人気は 何ですか。

有時候看了菜單，還是不知道哪道料理好吃吧？如果遇到這種情況，不妨詢問店家，店內最受歡迎的餐點是什麼。日本人也經常這麼詢問初次造訪的餐廳。

| 類似表現 | 一番 人気は 何ですか。　最受歡迎的是什麼？

07 今天的推薦餐點是什麼？
今日の おすすめは 何ですか。

日本有許多餐廳會天天更換餐點，或是以當天的食材製作最新鮮、最美味的「今日推薦」料理。當日推薦料理經常要透過詢問才能得知，不妨問問店員吧。

| 類似表現 | **本日の おすすめは 何なんですか。**
今天的推薦餐點是什麼？
本日の おすすめを ください。
請給我今天的推薦餐點。

08 請給我冷水。
お冷や ください。

進入餐廳後，許多店家會提供溫水或熱水。如果店家忘記給水，或是想喝熱水時，可以這麼詢問。另外，水是「お水」，熱水是「お湯」。

| 類似表現 | **暖かい お水 もっと ください。**
請再給我一些溫水。

09 有濕紙巾嗎？
おしぼり ありますか。

餐庭時常會提供給客人用的那種濕紙巾的日語是「おしぼり」。日本大部分的餐廳都會提供濕紙巾，如果店員忘記，或是想要索取新的濕紙巾時，可以這麼詢問。

| 類似表現 | **ウェットティッシュ ください。** 請給我濕紙巾。
新しい おしぼり もらえますか。
可以拿新的濕紙巾嗎？

10 可以點餐嗎？
注文しても いいですか。

如果店員沒有前來幫忙點餐，可以這麼詢問。也有的人會説「注文します（我要點餐）」，不過日語通常會顧及店員忙碌，改説：「可以點餐嗎？」

| 類似表現 | 注文、いいですか。　可以點餐嗎？

11 飲料可以無限續杯嗎？
飲み放題 ありますか。

在日式居酒屋經常使用這個表達，飲料免費續杯的時間通常依價格分為 60 分鐘、90 分鐘。

| 類似表現 | 飲み放題に お酒も 付いてますか。
　　　　　　飲料續杯包含酒嗎？
　　　　　　食べ放題 ありますか。　餐點可以續嗎？

12 可以換到那邊的座位嗎？
あそこに 席を 移しても いいですか。

在日本，入座店家指定的位置是基本禮儀，如果想要換到其他位置，可以這麼詢問。

| 類似表現 | お好きな 席へ どうぞ。　請坐喜歡的位置。
　　　　　　あそこでも いいですか。　那裡（位置）可以嗎？

13 有兒童座椅嗎？
子ども用の 椅子 ありますか。

帶小孩前往餐廳時，可以這麼詢問是否有兒童座椅。

| 類似表現 | 子ども用の お皿 ありますか。　有兒童用碗嗎？
子ども用の フォーク もらえますか。
可以拿兒童叉嗎？

14 請清桌子。
テーブルを 片付けて ください。

前面的客人用過的碗盤還在桌子上時，可以這麼説。

| 類似表現 | すみませんが、テーブルを 一度 ふいて ください。
抱歉，請擦一下桌子。

15 請給我大碗的。
大盛りで お願いします。

「大盛り」是指裝滿滿的狀態，也就是餐廳的「大碗」。在日本拉麵店點大碗餐點，或是要求大碗的白飯時，可以這麼説。

| 類似表現 | 並で お願いします。　麻煩給普通大小。

16

點的東西什麼時候來？

注文したものはいつ来ますか。

在餐廳點的餐點沒有來，會讓人很為難，向店員詢問餐點時可以這麼說。

| 類似表現 | 結構待ちましたが……。　等很久了。
　　　　　そばはまだ来てないですが……。　但蕎麥麵還沒來。

17

我沒有點這個。

これは頼んでないですが。

拿到不是自己點的餐點時，可以這麼說。句尾加上「が」，語感上會比較柔和。

| 類似表現 | これ頼んだんですかね。
　　　　　（確認來的餐點是否正確時）我有點這個嗎？

18

請不要加芥末。

わさびをぬいてください。

吃壽司時，可以要求多加或少加芥末。另外，這種表達方式也可以流用於要求餐廳去除不想吃的東西之時。

| 類似表現 | わさびを少しだけ入れてください。
　　　　　芥末加一點就好了。
　　　　　玉ねぎをぬいてください。　請不要加洋蔥。

19 請幫我加熱。
温(あたた)めて ください。

餐廳或便利商店都可以要求幫忙加熱食物。在餐廳要求幫忙加熱時，最好也告知原因。

| 類似表現 | これ 冷(さ)めてますが、温(あたた)めて ください。
這個冷了，請幫我加熱。

20 請給我小碟子。
取(と)り皿(ざら) ください。

如果希望點多樣餐點分食，就會需要小碟子，這種情況可以這麼表達。

| 類似表現 | 人数分(にんずうぶん)の 取(と)り皿(ざら) ください。
請給每人一份小碟子。
新(あたら)しい 取(と)り皿(ざら) ください。　請給我新的小碟子。

21 請給我新筷子。
新(あたら)しい お箸(はし) ください。

用餐中，如果弄掉湯匙或筷子，需要新的餐具時，可以這麼表達。

| 類似表現 | 新(あたら)しい スプーン ください。　請給我新湯匙。
ストロー ください。　請給我吸管。

22 請再給我一碗飯。
ご飯のお代わりください。

要求再增加一碗湯或飯時，可以使用這個方式表達。部分店家免費提供，部分店家需要再付費。近來有不少店家提供免費續白飯、味噌湯、高麗菜等。

| 類似表現 | ご飯のお代わりは無料ですか。
再加一碗飯是免費的嗎？
おかわり自由　免費續飯

23 現在可以上甜點嗎？
デザートを出していただけますか。

點套餐時，通常最後會提供甜點。用完餐、想吃甜點時，可以使用這個表達。

| 類似表現 | デザートをお願いします。　請給我甜點。

24 這個可以打包嗎？
これ、包んでもらえますか。

在日本，會提供容器或塑膠袋，讓客人外帶或打包。想要外帶餐點時，也可以這麼表達。

| 類似表現 | 残り物、包んでもらえますか。
剩下的可以打包嗎？
持ち帰りでお願いします。　麻煩外帶。

25 請給我熱茶。
暖かい お茶 ください。

日本料理店中，許多店家會在用餐後提供熱的綠茶。壽司店提供的熱綠茶又稱作「アガリ」，這樣的說法包含著客人「不再點餐了」或「等一下要買單了」的意思。

| 類似表現 | 暖_{あたた}かい お茶_{ちゃ} もらえますか。　請問可以給熱茶嗎？

26 麻煩結帳。
お会計 お願いします。

用餐後要買單時，通常可以在座位上買單。向店員要求買單，店員就會把帳單拿過來。

| 類似表現 | チェックして ください。　請幫我結帳。
チェック お願_{ねが}いします。　麻煩結帳。

27 可以刷卡嗎？
カードで お会計 できますか。

許多日本餐廳不接受信用卡付款，尤其具有悠久傳統的店家更是如此。付款前最好先確認一下。

| 類似表現 | すみません。現金_{げんきん}のみで ございます。
抱歉，只收現金。

28 可以分開結帳嗎？

<ruby>別々<rt>べつべつ</rt></ruby>に お<ruby>会計<rt>かいけい</rt></ruby>しても <ruby>大丈夫<rt>だいじょうぶ</rt></ruby>ですか。

日本聚餐經常會是由每個人各自付帳，在結帳前可以先這麼詢問。

｜類似表現｜ 別々<ruby><rt>べつべつ</rt></ruby>でも いいですか。　可以分開嗎？

29 這個金額對嗎？

この <ruby>金額<rt>きんがく</rt></ruby>で あってますか。

如果金額不對，可以這麼詢問。儘管日本的店家一般有細心的印象，
還是可能會出錯，務必注意。

｜類似表現｜ <ruby>計算<rt>けいさん</rt></ruby>が <ruby>間違<rt>まちが</rt></ruby>っていると <ruby>思<rt>おも</rt></ruby>いますが……。
我覺得計算有錯…。

30 請給我收據。

<ruby>領収書<rt>りょうしゅうしょ</rt></ruby> ください。

付款完要索取收據時，可以這麼表達。如果下次還想造訪，可以向店
家索取名片。

｜類似表現｜ お<ruby>店<rt>みせ</rt></ruby>の <ruby>名刺<rt>めいし</rt></ruby> ください。　請給我店家名片。

PART 2

徹底吃喝吧！
菜單全解析

日語菜單跟著讀

- 01 壽司
- 02 燒肉
- 03 烏龍麵
- 04 蓋飯、炸物
- 05 火鍋
- 06 甜點、麵包、飲料
- 07 居酒屋
- 08 家庭料理
- 09 便利商店
- 10 速食

01

壽司

説到日本，最先想到的就是「**寿司**（壽司）」吧？壽司在日本飲食中，是不可或缺的料理。光是東京，就有無數的壽司店，從一餐超過30,000日幣的高級壽司，到一盤100日幣的連鎖平價壽司都有，種類十分多元。

　　東京登上米其林指南的間壽司店共有八間，其中唯一的三星為銀座的「**鮨よしたけ**（壽司志魂）」。銀座一帶有著東京最知名的高級壽司店，但當然，也有很多價格合理、食材新鮮的連鎖迴轉壽司店。連鎖迴轉壽司店中，「**はま寿司**（HAMA SUSHI）」、「**スシロー**（壽司郎）」、「**すしざんまい**（壽司三味）」、「**くら寿司**（藏壽司）」、「**かっぱ寿司**（河童壽司）」等最為知名，光在日本，就有超過400間分店，據説因為如此，才能提供新鮮的食材和合理的價格。

　　説到日本壽司，絕對不能錯過「**鮪**（鮪魚）」。對日本人來説，鮪魚是壽司的首選，因為鮪魚是很大的魚，身上各部位都會有不同的味道和口感。在壽司店中，還有瘦肉、背肉、肚肉等，比較鮪魚各部位的口感，也是非常有趣的體驗。

02 當地人推薦

日本人最愛的
壽司 Top 10

（用於壽司的海鮮食材稱為「ネタ」）

---

01 鮪魚肚肉

_{おお}
大トロ

　　日本壽司之「王」即是鮪魚。鮪魚肚肉富含脂肪、味道濃厚、入口即化。雖然價格偏高，但是最受日本人歡迎的壽司之一。

---

02 鮪魚瘦肉

_{あか み}
赤身

　　最受女性歡迎的壽司，就是「鮪魚的瘦肉」。鮪魚瘦肉在鮪魚的各部位中，脂肪量最低，且可以品嘗到鮪魚原本的風味。價格低、油脂少的鮪魚瘦肉，為女性必點的餐點。

---

03 比目魚鰭肉

えんがわ

　　一旦愛上了「比目魚鰭肉」，就很難放棄它。比目魚鰭肉具獨特的口感，價格也偏低，廣受日本大眾歡迎。

---

04 海膽卵

ウニ

　　在日本吃壽司，絕對不能錯過「海膽卵」，很多日本人喜歡它獨特的風味和香氣。各店家的海膽卵價格天差地遠，在貴的店家，一個就要超過1000日圓。

05 鮪魚蔥壽司捲

ネギトロ巻き

　　壽司店的「巻（壽司捲）」有
分「太巻き（粗捲）」和「細巻き
（細捲）」，而最受歡
迎的，就是「鮪魚蔥壽
司捲」，這道壽司由
碎鮪魚和蔥結合，十分
夢幻。

06 鮗魚

ぶり / はまち

　　一般而言，日本人特別喜歡脂
肪相對較多的鮗魚，鮗魚最美味的
季節是在冬天，若有
空在冬天到壽司店用
餐，務必品嘗一下鮗
魚。

07 鯛魚

まだい

　　白肉魚之中，最受歡迎的就是
鯛魚。鯛魚的口感柔嫩、具嚼勁，
為其特徵。尤其鯛魚不
太具腥味，對第一次
品嘗壽司的人來說，
也非常合胃口。

08 火炙鮪魚

トロ炙り

　　日本人品嘗鮪魚的方式十分多
元，用火炙燒鮪魚表面後馬上食用
也是非常受歡迎的吃法
之一。鮪魚表面被火
燒過後，會更提升鮪
魚的香氣。

09 鮭魚卵

いくら

　　以海苔包飯，上方再擺食材的
壽司種類中以鮭魚卵壽司最具代表
性。美味的鮭魚卵入
口、爆裂後所流出的
湯汁，是美味的精
髓。

10 甜蝦

甘エビ

　　口感十足、帶有甜味的甜蝦，
是男女老少都喜愛的食材。一般而
言會在飯上放兩隻蝦，
吃的時候不會把蝦尾
也吃下去。

1. 壽司食材

鰹魚	カツオ
帆立貝	ほたて
白帶魚	タチウオ
青花魚	さば｜サバ｜鯖（さば）
螺貝	つぶ貝（がい）
比目魚	ひらめ｜ヒラメ｜平目（ひらめ）
比目魚鰭	えんがわ
牡蠣	かき｜牡蠣（かき）
金眼鯛	きんめだい
短蛸	ほたるイカ
秋刀魚	さんま
飛魚卵	トビコ

鱸魚	すずき
赤鯥	のどぐろ
大蛤	ハマグリ
鯛魚	たい｜タイ｜鯛
章魚	タコ｜蛸
明太子	明太子
楚蟹	ずわいがに
鰤魚	ぶり｜ブリ / はまち｜鰤
河豚	ふぐ
鰻魚	あなご｜穴子
蝦子	えび｜エビ｜海老
甜蝦	甘エビ

牡丹蝦	ぼたんエビ
車蝦	くるまエビ
水煮蝦	ゆでエビ
海膽卵	ウニ
海螺	さざえ
鱒魚	マス
鮭魚卵	いくら
魷魚	イカ
鰻魚	うなぎ
紅甘鰺	かんぱち
竹筴魚	あじ｜鯵
窩斑鰶	こはだ

鮑魚	あわび｜アワビ
沙丁魚	いわし｜イワシ｜鰯
真鯛	まだい
鮪魚	まぐろ｜マグロ｜鮪
鮪魚瘦肉	赤身 *鮪魚肉中紅色的部位
鮪魚中背肉	中トロ *位於腹部與背部間，口感清爽且含適當油質
鮪魚大腹肉	大トロ *鮪魚腹部前部的肉
鮪魚背骨肉	中落ち *附著於鮪魚背骨上的肉
醃鮪魚	漬まぐろ *醬油醃製的鮪魚
火炙鮪魚	トロ炙り *以火炙燒魚肉表面
鯡魚卵	かずのこ

魁蚶	あかがい
針魚	さより
槍烏賊	やりイカ

2. 其他

醬油	醬油 しょうゆ
雞蛋	玉子 たまご
芥末	わさび
軍艦捲	軍艦巻き ぐんかんま
味噌蟹軍艦捲	カニ味噌軍艦巻き み そ ぐんかん ま
海苔壽司捲	巻き ま
納豆壽司捲	なっとう巻き ま ＊加入納豆的壽司捲

蔥花鮪魚壽司捲	ネギトロ巻き	
	*加入碎鮪魚和蔥的小壽司捲	
小黃瓜壽司捲	かっぱ巻き	
	*加入小黃瓜的小壽司捲	
生薑	がり	
薤	らっきょう	
手捲	手巻き	
豆皮壽司	いなり寿司	
茶碗蒸	茶碗蒸し	
味噌湯	みそ汁｜味噌汁	
海苔味噌湯	のりのみそ汁	
蛤蜊海鮮湯	貝のみそ汁	
散壽司	ちらし寿司	

04 馬上就能用的會話

01. 今日推薦餐點是什麼？

本日の おすすめは 何ですか。
ほんじつ　　　　　　　　　　なん

日本壽司店常會有「今日推薦餐點」，為當日最新鮮、最好食材製作的餐點。不妨向店員或廚師詢問一下。

02. 請給我主廚推薦料理。

おまかせ メニューで お願いします。
　　　　　　　　　　　　ねが

主廚推薦料理是依據當天的食材製作的推薦料理，這句話也代表將料理的決定權交給廚師。不僅是壽司店，義式、法式料理餐廳也常有機會這麼說。

03. 光物有點不合胃口。

光り物は ちょっと 苦手です。
ひか　もの　　　　　　　　にが て

「光り物（光物）」為壽司食材之中，如同青花魚般外皮帶青綠色光
　ひか もの
澤的魚類的一種俗稱，腥味稍重，有些人會吃不慣。若被推薦這道料理，可以善用這句話，告知對方不合自己胃口。

04. 請給我白肉魚。

白身魚で お願いします。
しろ み ざかな　　　ねが

台灣人也很熟悉的白肉魚稱作「白身魚」。如果吃不慣紅肉魚或光
　　　　　　　　　　　　　しろ み ざかな
物，不妨點白肉魚。

05. 請不要加芥末。

わさびを ぬいて ください。

如果覺得芥末太嗆，可以要求不要加。

｜相關表現｜ わさび抜きで ください。　請不要加芥末。

06. 請加一點芥末就好。

わさびを 少しだけ 入れて ください。

如果可以吃芥末，但還是覺得有一點太嗆鼻，希望味道淡一些，可以
要求店員加少一點。

07. 壽司的飯請少一點。

しゃりを 少なめに して ください。

一口氣吃各式各樣的壽司，很容易一下子就吃飽。壽司的飯日語是
「しゃり」，如果希望能專注於魚本身的味道，可以試著向店家要求
減少飯的量。

08. 可以坐吧台位置嗎？

カウンター席に 座っても いいですか。

到日本壽司店，和廚師邊對話、交流，邊享用餐點，別有一番樂趣。
除了一般座位之外，不妨試試看吧台座位，並試試廚師推薦的料理。

02

燒肉

01 開始吃燒肉！

　　日本人説到「**燒肉**（烤肉）」，就會聯想到烤腸、肋骨肉、燒酒等等。現代日本的烤肉料理受到韓國烤肉很大的影響，所以會有很多烤肉用語源自韓國。「**燒肉**」如同其字面即是用火烤肉的意思，牛肉、豬肉、雞肉及大腸小腸等內臟皆包含在內。

　　日本的燒肉並非事先醃製肉，而是在吃之前才沾「**タレ**（醬料）」食用。肉細分為各個部位，可以享用不同部位的滋味。

　　也許有人會覺得為什麼到日本非得吃燒肉不可？但在日本，可以體驗到不同於國內烤肉的部位和獨特的醬料，尤其是日本燒肉的代表「**牛タン**（牛舌）」和「**ホルモン**（烤腸）」一定要品嘗看看。另外要注意的是，日本的燒肉店中並沒有免費提供泡菜或生菜，要吃的話請另外點。

去日本
必吃燒肉 Top 5

01 鹽蔥牛舌

ネギ塩タン

　　牛舌是日式燒肉店的基本料理，非常受歡迎。牛舌中，以鹽調味，再加蔥花的「鹽蔥牛舌」，只有在日本能品嘗，也是遊日本的樂趣之一。

02 牛的第一個胃（瘤胃）

ミノ

　　這是日本女性必點的餐點，口感有嚼勁，相當獨特。可以加辣椒醬或味噌調味。

03 牛心

ハツ

　　也許有人會覺得為什麼會吃牛心，但只要品嘗一次，就能了解為何它廣受喜愛。牛心價格實惠、口感佳，又富含維他命B1，對健康非常有益。

04 高級肋骨肉

上カルビ

　　「カルビ（肋骨肉）」有分不同等級，但其實「上カルビ」不一定會是肋骨的肉，實際情況會隨店家不同，總之是比「カルビ」更高級的肉就對了。

05 油拌芝麻高麗菜

ごま塩キャベツ

　　日本人吃烤肉時，常會如同套餐般搭配高麗菜吃，因此在菜單中，都會有一道「油拌芝麻高麗菜」。這道料理以芝麻油和鹽調味高麗菜，並撒上芝麻，味道和肉十分相搭。

東京必吃
燒肉店 Hot 5

02 大阪燒肉 荷爾蒙雙子

（新宿）

大阪燒肉・ホルモンふたご
（おおさかやきにく）
（しんじゅく）
(新宿)

　　這家店從大阪的小燒肉店做起，現在連鎖店已經擴大到東京。如同店名般，最初由一對「ふたご（雙胞胎）」兄弟經營。東京的分店有20多間，十分受歡迎，價格也很實惠。有在台灣開分店，但名稱不太一樣：「大阪燒肉燒魂YAKIKON」。另外要注意的是荷爾蒙其實指的是內臟。

04 烤肉TORAJI（銀座）

燒肉トラジ (銀座)
（やきにく）（ぎんざ）

　　日本具代表性的燒肉店，近似韓國燒肉。肉新鮮又美味，餐點有個部位的肉，深受日本人、韓國人喜愛。位於東京中心，營業超過30年，饕客不間斷。

01 燒肉 KINTAN（惠比壽）

燒肉 Kintan (惠比寿)
（やきにく）（えびす）

　　近年興起的高級燒肉店，位於東京的鬧區表參道、惠比壽、六本木等皆有分店。華麗的氛圍搭配紅酒，適合作為約會地點。晚餐價格稍貴，中午套餐約1,000～2,000日圓，較為實惠。有在台灣開分店。

03 炭火烤 Yuji（涉谷）

ゆうじ (渋谷)
（しぶや）

　　東京的美食名店，以烤腸出名的店家。若不提前幾個月預約，就很難享用，不過到了晚上9點後，很多人會快速用完餐，因此有時候會有位置。不妨在又小又舊的烤肉店中，享受東京的代表燒肉吧。

05 敘敘苑烤肉（中目黑）

叙々苑 (中目黑)
（じょじょえん）（なかめぐろ）

　　中午享用燒肉便當，會讓人神清氣爽。同時有蔬菜、水果和排骨的餐點，吃起來既甜又嫩。各地都有分店，不妨確認一下。也有在台灣開分店。

03 跟著看菜單

1. 烤肉的部位

內臟	ホルモン
內臟綜合	ホルモン盛り合わせ
雞腿肉	鶏もも肉
雞胸肉	鶏むね肉
豬頸肉	豚トロ
豬五花肉	豚バラ
牛肝	レバー
牛橫膈膜肉	ハラミ
牛肋骨排	カルビ
高級牛肋骨排	上カルビ
特高級牛肋骨排	特上カルビ
牛肩胛骨肉	トウガラシ

牛里脊肉	**ロース**
牛肩肉	**ミスジ**
牛心肉	**ハツ**
牛肩里脊上側肉	**ザブトン**
牛軟肋肉	**シャトーブリアン**
牛的第一個胃	**ミノ**
牛腰肉	**サーロイン**
牛肚	**センマイ**
牛筋	**スジ**
鹽烤牛舌	**タン塩**
蔥花鹽烤牛舌	**ネギ塩タン**
厚切特上級鹽烤牛舌	**特上厚切り塩タン**

2. 配菜

蛋花湯	玉子（たまご）スープ
綜合泡菜	キムチ盛（も）り合（あ）わせ ＊白菜泡菜、醃蘿蔔、小黃瓜泡菜三種的組合
紫蘇葉	エゴマの葉（は）っぱ
野菜	ナムル
冷番茄	冷（ひ）やしトマト
石鍋拌飯	石焼（いしやき）ビビンバ
水冷麵	水冷麵（みずれいめん）
白飯	ライス
拌冷麵	ビビン麺（めん）
生菜	サンチュ
肉膾（生拌牛肉）	ユッケ
韓式辣醃鱈魚內臟	チャンジャ

豬腳	とんそく｜豚足	
芝麻鹽高麗菜	ごま塩キャベツ	
烤蔬菜	野菜焼き	
韓式沙拉	チョレギサラダ ＊燒肉常見的沙拉	
涼拌蔥絲	ネギサラダ	
青辣椒	青唐辛子	
海鮮煎餅	海鮮チヂミ	

3. 其他

生雞蛋	生たまご	
味噌	味噌	
蒜頭	ニンニク	
鹽	塩	
日式醬油	タレ	

01. 請給我這個和這個各一人份。

これと これを 一人前ずつ ください。

想要品嘗每種烤肉，可以乾脆各種都點個一人份。如果不知道怎麼講餐點的日文，可以用手指菜單或照片說明。

02. 現在可以吃了嗎？

今 食べても いいですか。

要確認肉是否烤熟時，可以這麼表達。高級烤肉店的店員會幫忙烤，烤好直接放到盤上，但平價的烤肉店，必須要自己動手烤。如果不確定可不可以吃，可以詢問店員。

03. 請多給我一點醬料和鹽。

タレと 塩を もっと ください。

日本烤肉店都有提供稱為「タレ」的日式醬料和鹽，想要更多時，可以這麼跟店員表達。若想索取其他物品，可以替換畫底線的部分。

04. 火好像有點小…。

火が 弱いですが……。

烤肉時，最怕火小、烤不熟。如果遇到這樣的狀況，可以請求店員的幫忙。

|相關表現| 火ひが 強つよいですが……。 火有點大…。

05. 可以幫忙換烤網嗎？

網を 変えて もらえますか。
あみ　か

這是要求更換烤網時的表達。如果烤油較多的部位，烤網較容易焦，最好更換一下烤網。

06. 請再給我一個這個。

これの お代わり ください。
か

這是要再點相同餐點時使用的表達。使用「**お代わり**」這個單字即可表示你想要再來一個同樣餐點，不過當然需要額外付費。

07. 我想要加點。

追加注文 したいですが……。
つい か ちゅうもん

餐點都吃完，想要再加點時，可以這麼跟店員表達。到「**ラストオーダー**（最後點餐時間）」前，都可以加點。

03

烏龍麵、蕎麥麵、拉麵

開始吃烏龍麵、蕎麥麵、拉麵！

　　日本代表的麵料理有烏龍麵、蕎麥麵、拉麵。自古以來，烏龍麵便是日本關西的地區料理，蕎麥麵則是關東的地區料理。不過，現在在全國各地，都可以品嘗烏龍麵和蕎麥麵。

　　日本有很多營業到很晚，或是24小時營業的烏龍麵和蕎麥麵連鎖店，只要500日圓，就能解決一餐。「**はなまるうどん**（花丸烏龍麵）」、「**丸亀製麵**（丸龜製麵）」、「**小諸そば**（小諸蕎麥麵）」、「**富士そば**（富士蕎麥麵）」等皆是具代表性的店家。

　　麵料理中，各地區差異最大的，莫過於「**ラーメン**（拉麵）」。拉麵一般依據用來熬湯的食材不同來區分為不同的拉麵，以東京為中心的關東地區，最有名的是以醬油為基底的「**醤油ラーメン**（醬油拉麵）」，北海道地區則是以味噌為基底的「**味噌ラーメン**（味噌拉麵）」，九州地區則是以豬骨高湯為基底的「**豚骨ラーメン**（豚骨拉麵）」最為知名，這三種拉麵合稱日本的三大拉麵。當然在日本各地有著其他種類的拉麵，像是只以鹽提味的「**塩ラーメン**（鹽拉麵）」、以雞肉高湯為基底的「**鶏白湯ラーメン**（雞湯拉麵）」、自行拿麵沾湯或醬汁來品嘗的「**つけ麵**（沾麵）」等等。

日本全國知名
烏龍麵、蕎麥麵、拉麵 Hot 10

01 拉麵Hayashi（涉谷）

ラーメンはやし（渋谷）

　　位於拉麵連鎖店競爭非常激烈的涉谷，這家店獲得日本美食評論網站「**食べログ**」最高分評價而知名，若在中午時段前往，常常要等待30分鐘到1小時才能吃到。拉麵搭配烤豬肉的「**焼き豚ラーメン**」是最受歡迎的餐點，但若在下午1～2點才前往，可能因為食材用盡而不接受點餐。

02 打心蕎庵（下北澤）

打心蕎庵（下北沢）

　　這間店位於東京下北澤站步行10分鐘的距離，從入口進入後，會看到日式庭院。最知名的料理是加入鴨肉的「**鴨そば**（鴨肉蕎麥麵）」，還有加入「**すだち**（酢橘）」的夏季限定料理「**すだちそば**（酢橘蕎麥麵）」。這間店的味道和氣氛都獲得外國觀光客的高度評價。

03 Sakae（香川縣）

さか枝（香川県）

　　説到日本烏龍麵，以「**讃岐うどん**（讃岐烏龍麵）」最為代表。讃岐烏龍麵最知名的是香川縣，而日本最廣為人知的讃岐烏龍麵店就是「**さか枝**」。店家會依當天的溫度和濕度製作烏龍麵，開業已超過50年。

04 Taniya（人形町）

谷や<ruby>谷<rt>たに</rt></ruby>や（<ruby>人形町<rt>にんぎょうちょう</rt></ruby>）

　　如果不方便為了吃烏龍麵而前往香川縣，不妨品嘗廣受東京人歡迎的讚岐烏龍麵專賣店。「谷や」最代表的餐點，是放上炸雞和炸蔬菜的「かしわ天つけうどん（炸雞天婦羅沾醬烏龍麵）」。看上去就十分豐富，且麵條帶嚼勁，讓人忍不住一口接一口。

05 Mugi to Olive（銀座）

むぎとオリーブ（<ruby>銀座<rt>ぎんざ</rt></ruby>）

　　這家店是最早進入米其林指南的日本拉麵店，在拉麵愛好者中十分知名。這裡還可以吃到「<ruby>鶏<rt>とり</rt></ruby>そば（雞肉蕎麥麵）」和「<ruby>蛤<rt>はまぐり</rt></ruby>そば（蛤蠣蕎麥麵）」等等比較特殊的口味。另外，在飯上淋上生雞蛋的「<ruby>卵<rt>たまご</rt></ruby>かけご<ruby>飯<rt>はん</rt></ruby>（生蛋拌飯）」也相當受歡迎。

⑥ 釜竹（根津）

釜竹 <ruby>釜竹<rt>かまちく</rt></ruby> <ruby>(根津)<rt>ねづ</rt></ruby>

　　位於東京繁榮地帶根津的「釜竹」不僅味美，店面還是以1910年建造的木屋來改建，氣氛十足。前來這裡，務必品嘗基本款的「<ruby>釜揚<rt>かまあげ</rt></ruby>うどん（釜揚烏龍麵）」，這裡的麵條吃過會忍不住感動。

⑦ 更科堀井（麻布十番）

更科堀井 <ruby>更科堀井<rt>さらしなほりい</rt></ruby> <ruby>(麻布 十 番)<rt>あざ ぶ じゅうばん</rt></ruby>

　　於江戶時代開業，擁有230年歷史和傳統的蕎麥麵店，也是東京人引以為傲的名店。綜合炸物和基本蕎麥麵套餐「<ruby>かき揚げもり<rt>あげ</rt></ruby>（混合天婦羅蕎麥麵套餐）」和鴨肉湯配蕎麥麵的套餐「<ruby>鴨せいろ<rt>かも</rt></ruby>（鴨蒸籠）」最為代表。除了蕎麥麵外，這裡的單品料理也十分推薦。

⑧ Nitori no keyaki（札幌）

にとりのけやき <ruby>(札幌)<rt>さっぽろ</rt></ruby>

　　位於北海道札幌鬧區的「**にとりのけやき**」，是人潮不絕的人氣拉麵店。既然位於札幌，代表餐點當然會是味噌拉麵。這家店的拉麵在客人點餐之後才會將味噌加入以雞肉和豬骨等製作的高湯一起煮，若前往札幌，務必要品嘗一下。

09 山元麵藏（京都）

<ruby>山元麵藏<rt>やまもとめんぞう</rt></ruby>（<ruby>京都<rt>きょうと</rt></ruby>）

京都有非常多不為人知的烏龍麵名店。也許有人會覺得，何必要大老遠跑到京都吃烏龍麵？但京都的烏龍麵真的十分美味。其中，神宮附近的「山元麵藏」更被稱為是烏龍麵愛好者的聖地，為了一嘗該店口感絕佳的烏龍麵，不少人願意排隊等上兩三個小時。

10 初代（惠比壽）

<ruby>初代<rt>しょだい</rt></ruby>(<ruby>恵比寿<rt>えびす</rt></ruby>)

這是位於都市中心的蕎麥麵店，日本各媒體都經常介紹。這家店雖然是蕎麥麵店，不可錯過的卻是非常有名「白いカレーうどん（白咖哩烏龍麵）」。白咖哩烏龍麵上面的一層白色泡沫以馬鈴薯製作而成，對健康也十分有益。

03 跟著看菜單

1. 烏龍麵

味噌煮烏龍麵	**味噌煮込みうどん**（みそにこ） ＊以日本味噌為湯底，放入生麵來煮， 源自於名古屋	
海帶烏龍麵	**わかめうどん** ＊簡單的基本烏龍麵加海帶	
炒烏龍麵	**焼うどん**（やき） ＊以烏龍麵加各種蔬菜、肉、海鮮一起炒	
烏龍乾麵	**ぶっかけうどん** ＊在燙好的烏龍麵上加各種配料，並撒一些日式醬油， 深受日本人喜愛	
勾芡烏龍麵	**あんかけうどん** ＊將蔬菜、海鮮、肉類等經過勾芡，再放到烏龍麵上	
山藥烏龍麵	**山かけうどん**（やま） ＊在烏龍麵上加山藥汁，沾醬油吃的健康烏龍麵	
蘿蔔泥醬油烏龍麵	**おろし醬油うどん**（しょうゆ） ＊在冷烏龍麵上加橘子、淡柚子、蘿蔔等， 再加一些醬油，是夏季常會吃的烏龍麵	
溫泉蛋烏龍麵	**溫玉ぶっかけうどん**（おんたま） ＊在烏龍麵上加各種配料、灑少許醬油， 加溫泉蛋一起吃，口感溫和	
豆皮烏龍麵	**きざみうどん** ＊將豆皮切細絲後放到烏龍麵上，不特別加調味料	

| 竹簍烏龍麵 | **ざるうどん** | |
| | *將燙過的麵以冷水洗過，再放在竹簍之上，
沾日式醬油吃 | |

| 沾醬烏龍麵 | **つけ汁うどん** | |
| | *湯頭加豬肉、香菇等，將麵燙過後沾醬吃的烏龍麵 | |

| 生雞蛋烏龍麵 | **月見うどん** | |
| | *加入生雞蛋的烏龍麵，
蛋白像白雲，蛋黃像月亮，
因此又名月見 | |

| 烤麻糬烏龍麵 | **力うどん** | |
| | *烏龍麵放上日式烤麻糬。
據說日本自古以來，為得到神的力量，
而將年糕放入烏龍麵中食用 | |

| 咖哩烏龍麵 | **カレーうどん** | |

| 釜揚烏龍麵 | **かまあげうどん** | |
| | *適合享用烏龍麵麵條本身的風味，
直接搭配煮麵時的湯，再沾日式醬油吃 | |

| 清湯烏龍麵 | **かけうどん** | |
| | *碗中放熱醬油，再放入烏龍麵和蔥等配料 | |

| 狐狸烏龍麵 | **きつねうどん** | |
| | *烏龍麵上放以醬油醃過的油豆腐。
油豆腐傳說是狐狸最喜歡的食物，故得名 | |

| 狸貓烏龍麵 | **たぬきうどん** | |
| | *灑上炸天婦羅的碎削，
以酥脆又帶口感為最大特徵。
名稱由來眾說紛紜 | |

| 天婦羅烏龍麵 | 天ぷらうどん | |

てん

*放上炸蝦、炸魷魚、炸蔬菜等的烏龍麵。
　有些店家會放當季的食材

2. 蕎麥麵

| 什錦蕎麥麵 | 五目そば |

ご もく

*由中式料理轉換的日式料理，上方會加蔬菜、雞蛋、香菇等
　配料的蕎麥麵

| 朴蕈蕎麥麵 | なめこそば |

*日本山區常吃的蕎麥麵，
　以加入香菇的熱湯為其特徵

| 蕎麥冷麵 | もりそば |

*以冷麵沾醬油食用，又稱為「竹簍蕎麥麵」

| 海帶芽蕎麥麵 | わかめそば |

*加入海帶芽的蕎麥麵

| 淋汁蕎麥麵 | ぶっかけそば |

*碗中放入蕎麥麵、小黃瓜、蔥、雞蛋等，
　加入稍覆蓋麵條的醬油，最適合炎熱的夏天

| 野菜蕎麥麵 | 山菜そば |

さんさい

*加入山中野菜的蕎麥麵，
　在山區的蕎麥麵店經常可見

| 炒蕎麥麵 | やきそば |

*蕎麥麵加各種蔬菜水果和海鮮一起炒，
　再加入炒蕎麥麵專用的醬汁即完成

| 蘿蔔泥蕎麥麵 | **おろしそば** |
| | *加入蘿蔔泥，夏天特有的蕎麥麵 |

| 鴨南蠻蕎麥麵 | かもなんばん
鴨南蛮そば |
| | *以加入鴨肉或雞肉和蔥一起煮的醬油為其特徵。
蕎麥麵和鴨肉很搭配，所以常常都會加鴨肉 |

| 竹簍蕎麥麵 | **ざるそば** |
| | *同蕎麥冷麵 |

| 蔬菜天婦羅蕎麥麵 | あ
かき揚げそば |
| | *加入炸蔬菜的蕎麥麵，
以酥脆口感為其特徵 |

| 生雞蛋蕎麥麵 | つき み
月見そば |
| | *在清湯蕎麥麵上加生雞蛋和熱湯，
口感更溫和 |

| 清湯蕎麥麵 | **かけそば** |
| | *以燙過的蕎麥麵加熱醬油一起吃，
也有的地方會直接加醬油一起料理 |

| 狐狸蕎麥麵 | **きつねそば** |
| | *搭配大塊油豆腐的蕎麥麵 |

| 天婦羅蕎麥麵 | **たぬきそば** |
| | *加入天婦羅屑當配料的蕎麥麵，簡單而味美 |

| 蒸籠蕎麥麵 | てん
天せいろそば |
| | *基本的竹簍蕎麥麵之一，會一起提供綜合炸物 |

| 炸物蕎麥麵 | てん
天ぷらそば |
| | *加入炸物的蕎麥麵 |

3. 拉麵

| 豚骨拉麵 | とんこつ
豚骨ラーメン
*長時間熬煮豬骨的湯頭為基底，
濃郁的湯底和細麵為其特徵 | |

| 魚乾拉麵 | に ぼ
煮干しラーメン
*以鯷魚乾為湯底的拉麵，近來有不少連鎖店，
但日本人的反應兩極 |

| 味噌拉麵 | み そ
味噌ラーメン
*以日式味噌為湯底的拉麵 |

| 醬油拉麵 | しょう ゆ
醬油ラーメン
*以東京等關東地區為中心流行的拉麵，
以醬油為基底，是最古老的拉麵 |

| 鹽味拉麵 | しお
塩ラーメン
*以鹽調味的拉麵，湯底透明清淡 |

| 油麵 | あぶら
油そば
*和少許拌醬及配料一起吃的乾麵，
近來在日本拉麵圈中廣受歡迎 |

| 蔬菜湯麵 | や さい
野菜タンメン
*以炒蔬菜的油加入高湯一起煮的拉麵，
以低卡路里和清爽口感為其特徵 |

| 日式什錦麵 | **ちゃんぽん**
*加入蔬菜、肉、海鮮一起煮，再加高湯煮的拉麵。
長崎海鮮拉麵的特徵是湯底為白色 |

| 沾麵 | めん
つけ麵
*麵和湯分別上，吃的時候夾一口麵沾湯。 |

擔擔麵	<ruby>担々麵<rt>たんたんめん</rt></ruby>	
	*以中國四川料理擔擔麵為原型的日式料理，帶辣的湯頭和香氣十足的芝麻為其特徵	
雞高湯拉麵	<ruby>鶏白湯ラーメン<rt>とりぱいたん</rt></ruby>	
	*以雞肉和各種蔬菜熬煮湯頭，味道類似人蔘雞湯的湯頭，非常受女性喜愛	

4. 其他

蘿蔔泥	<ruby>大根おろし<rt>だいこん</rt></ruby>	
雞蛋	たまご	
生雞蛋	<ruby>生たまご<rt>なま</rt></ruby>	
半熟蛋	<ruby>半熟たまご<rt>はんじゅく</rt></ruby>	
溫泉蛋	<ruby>温泉たまご<rt>おんせん</rt></ruby>	
芥末	わさび	
海苔	のり	
蒜頭	ニンニク	

海帶	わかめ
山藥汁	とろろ
生薑	ショウガ
蕎麥湯	<ruby>蕎<rt>そば</rt></ruby><ruby>麦<rt>ゆ</rt></ruby>湯 ＊日本習慣將吃蕎麥麵時用剩的醬油倒入湯中後喝掉
菠菜	ほうれん<ruby>草<rt>そう</rt></ruby>
高麗菜	キャベツ
醃竹筍	メンマ
麵汁	つゆ ＊加入鰹魚、鯷魚、昆布、糖等一起 　跟醬油熬煮的調味料
叉燒肉	チャーシュー
豆芽菜	もやし
炸酥	<ruby>天<rt>てん</rt></ruby>かす
蔥	ネギ

熱的	暖^{あたた}かい

熱的　暖かい

冷的　冷たい

小　小

中　中

大　大

04 馬上就能用的會話

01. 請給我<u>熱的</u>烏龍乾麵。

ぶっかけ うどんの <ruby>温<rt>あたた</rt></ruby>かいので お<ruby>願<rt>ねが</rt></ruby>いします。

在日本點烏龍麵時，會詢問要點冷的或熱的。先想好想要「<ruby>温<rt>あたた</rt></ruby>かい（熱的）」或是「<ruby>冷<rt>つめ</rt></ruby>たい（冷的）」，再替換帶入上句畫底線部分。

02. 可以再給我<u>一些</u><u>麵汁</u>嗎？

<u>つゆ</u>を もっと もらえますか。

點蕎麥麵等要沾麵汁吃的麵的時候，如果醬油不足，可以這麼和店員要求。

03. 請給我蕎麥湯。

<ruby>蕎麦湯<rt>そ ば ゆ</rt></ruby> ください。

日本的蕎麥麵店會提供客人燙蕎麥麵用的湯，日本人吃完蕎麥麵後通常會喝蕎麥湯結尾。蕎麥湯是免費的，想要的話可以多要幾杯。

04. 請不要加<u>蒜頭</u>。

<u>ニンニク<ruby>抜<rt>ぬ</rt></ruby>き</u>で お<ruby>願<rt>ねが</rt></ruby>いします。

很多日本拉麵店會在麵裡加入搗碎的生蒜頭。如果不喜歡蒜頭的味道，或有不喜歡、不能吃的食材，都可以這麼表達。

Part2・03 烏龍麵、蕎麥麵、拉麵

05. 請幫我做硬一些。

硬めで お願いします。

日本拉麵店常會詢問客人想要怎樣的麵，這時可以依據自己的喜好回
答。

| 相關表現 | A: 麺の 硬さは どう しますか。　麵要多硬？

B: 普通で お願いします。　請幫我做普通硬度。

柔らかめでお願いします。　請幫我做軟一點。

06. 請幫我加<u>叉燒</u>。

トッピングに チャーシューを 追加して ください。

想要在拉麵上加料時，可以這麼表達。除了叉燒外，也可以加泡菜、
雞蛋、起司、菠菜等各種料理，試試自己想要的料。

04

蓋飯、炸物

01 開始吃蓋飯、炸物！

日本很流行用「丼（蓋飯）」來解決一餐。在台灣也廣為人知的「牛丼（牛肉蓋飯）」連鎖店有「松屋（松屋）」、「吉野家（吉野家）」、「すき屋（SUKIYA）」，除此之外也有許多店家會販售蓋飯。價格平易的連鎖店常採取由客人自行在自動販賣機購買餐卷來點餐的方式，但當然還是有店家要直接跟店員點餐。

日本飲食文化中常常見到「天ぷら（天婦羅）」這道炸物料理，價格平民的連鎖店也裡也很常見，如烏龍麵店、蕎麥麵店就常常會有價格約100～300日圓的炸物，當然日本也有專門製作炸物的店家，其價格隨店家不同差異非常大。最高級的天婦羅店裡吃一頓就要超過幾萬日圓。有很多店家會提供「天ぷら定食（天婦羅套餐）」，1,000～2,000日圓就能享用不錯的天婦羅，如果喜歡吃炸的，到日本時一定要去嘗嘗看。

02 當地人推薦

悠久歷史和傳統的
東京蓋飯、炸物 Best 5

01 三定（淺草）

さんさだ あさくさ
三定 (淺草)

　　位於淺草的炸物專賣店，以
「**天丼**（炸物蓋飯）」最為知名，
てんどん
為日本最早製作天丼的地方。三定
擁有超過150年的傳統，以芝麻油
油炸，保留江戶時代的傳統，味道
清淡富香氣。加入蝦子、
魚、魷魚、茄子等的天
丼最為知名。

02 玉秀（人形町）

たま にんぎょうちょう
玉ひで (人形 町)

　　擁有復古風景的雞肉料理專賣
店，歷史悠久，超過250年。「**玉
ひで**」為「**親子丼**（親子蓋飯）」
たま
おやこどん
的元祖，這裡的「**元祖親子丼**（元
がんそおやこどん
祖親子丼）」最為值得推薦。半熟
雞蛋加上嚴選的東京生產雞
肉，搭配濃郁高湯，和
白飯十分對味，品嘗過
一次，便難以忘懷。

03 淺草今半（淺草）

あさくさいまはん あさくさ
浅草今半 (淺草)

　　擁有超過120年傳統的日式料理專賣店，本店位於淺草。如果
想要品嘗高級的日式牛肉蓋飯，推薦這裡的「**百年牛丼**（百年牛
ひゃくねんぎゅうどん
肉蓋飯）」，這是紀念店家創業滿百歲時以全國各地嚴選的「**和
牛**（和牛）」牛肉製作的餐點。
ぎゅう
わ

④ 天婦羅新宿TUNAHACHI
（新宿）

天ぷら新宿つな八 (新宿)

這間店位於新宿中心，為營業超過90年的天婦羅專賣店，隨時都門庭若市。一走進店家就能感受到其悠久的歷史，一樓有櫃台座位，二樓為日式的座席。午餐套餐在2,000日圓以下，炸物套餐的內容會隨季節變更。晚餐必須事先預約，套餐價位約在5,000～10,000日圓。

⑤ 王Roji（新宿）

王ろじ (新宿)

位於新宿伊勢丹百貨公司附近的小巷弄之中，販售著歷史超過90年的「カツカレー丼（咖哩豬排蓋飯）」，除了日本人之外，也有許多外國觀光客慕名前往。雖然豬排並不特殊，但大部分的客人都會點來一嘗。這裡的餐點，會讓人打從心底湧上一絲暖意。

價格實惠蓋飯連鎖店 Hot 5

01 吉野家

吉野家

1899年創立，歷史超過120年，全世界擁有超過2,000間店面，為日本最具代表性的蓋飯連鎖店。只要500日圓，幾乎就能點所有餐點，價格相當實惠，且24小時隨時都能享用，因此很受歡迎。日本人會在牛肉蓋飯中拌「**生たまご（生雞蛋）**」，醬油和生雞蛋十分對味，會讓牛肉蓋飯口感更溫和、更具香氣。

02 丼丸

丼丸

這家店在是日本非常有名的蓋飯連鎖店，分店非常多，但基本上都是外帶。到了午餐時間，常可以看到許多上班族在店前排隊等著購買。丼丸的餐點全部都是生魚片蓋飯，共有50多種，只要500～1,000日圓就能享用。外帶到附近公園的座椅，或是在戶外野餐都不錯。特別在東京有很多分店。

03 天丼TENYA

天丼てんや

在日本說到炸物類蓋飯的連鎖店，幾乎會第一個聯想到「**天丼てんや**」，可以稱之為日本第一蓋飯連鎖店。「**天丼てんや**」以實惠的價格提供超乎期待的餐點，十分受歡迎。其帶甜味的醬油能降低油膩感，比較合台灣人的胃口。各季節都會推出當季料理，相當受客人喜愛。另外，也提供搭配烏龍麵和蕎麥麵的套餐。

04 吉豚屋

かつや

「**かつや**」最先在日本豬排界推出破天荒的價格，一份「**かつ丼**（豬排蓋飯）」只要500日圓，價格相較於其他豬排連鎖店低許多，廣受日本上班族喜愛。全日本已有超過350間分店，東京的涉谷、新宿、池袋、淺草等人潮聚集之處，都能找到許多分店。

05 東京CHIKARA MESHI

東京チカラめし

如果吃膩了知名連鎖店，可看試吃看看這家「**東京チカラめし**」。2011年開設1號店便深受蓋飯愛好者歡迎，目前東京和千葉縣已有9間分店，在新宿和池袋等地方都可以找的到。這裡不同於一般的蓋飯連鎖店，以用木炭烤的「**燒き牛丼**（烤牛肉蓋飯）」最為知名。

1. 蓋飯

鰻魚櫃飯	ひつまぶし	
親子蓋飯	親子丼 <small>おやこどん</small>	
烤雞肉蓋飯	雉焼き丼 <small>きじやきどん</small>	
豬排蓋飯	カツ丼 <small>どん</small>	
豬肉蓋飯	豚丼 <small>ぶたどん</small>	
豬肉泡菜蓋飯	豚キムチ丼 <small>ぶた どん</small>	
三色蓋飯	三色丼 <small>さんしょくどん</small> ＊有三種顏色的蓋飯，通常會加入炒碎豬肉、歐姆蛋和菠菜之類的醃過的綠色蔬菜	
魩仔魚蓋飯	しらす丼 <small>どん</small>	
海膽蓋飯	ウニ丼 <small>どん</small>	
牛肉蓋飯	牛丼 <small>ぎゅうどん</small>	
壽喜燒蓋飯	すき焼き丼 <small>や どん</small>	

鮭魚卵蓋飯	イクラ丼 （どん）
鮭魚片蓋飯	鮭丼 （さけどん）
鮭魚親子蓋飯	鮭親子丼 （さけおやこどん） ＊北海道常見的蓋飯，又稱「北海道親子蓋飯」。 　一般親子蓋飯指的是雞肉加雞蛋，鮭魚親子蓋飯改用鮭魚肉 　和鮭魚卵
鰻魚蓋飯	うな丼 （どん）
中華蓋飯	中華丼 （ちゅうかどん）
蔥花鮭魚肚蓋飯	ネギトロ丼 （どん） ＊加入油質多的碎鮭魚肚肉和蔥花的蓋飯
鮭魚蓋飯	マグロ丼 （どん）
天婦羅蓋飯	天丼 （てんどん）
海鮮蓋飯	海鮮丼 （かいせんどん）

2. 炸物

炸茄子	なす天	
炸蟹肉	かにかま天	
炸地瓜	さつま芋の天ぷら	
炸海苔	海苔天	
炸南瓜	かぼちゃの天ぷら	
炸雞肉	鶏天	
綜合天婦羅	天ぷら盛り合わせ	
綜合蔬菜天婦羅	野菜天ぷら盛り合わせ	
炸半熟蛋	半熟玉子天	
炸小番茄	ミニトマト天	
炸白丁魚	キスの天ぷら	
炸星鰻	穴子天	

炸蝦	エビの天ぷら
炸什錦	かき揚げ
炸竹輪	ちくわ天 ＊筒狀、空心的魚肉棒
炸蓮藕	蓮根天
炸魷魚	イカの天ぷら
炸魷魚腳	げそ天
炸秋葵	オクラ天
炸金針菇	えのき天
炸香菇	しいたけ天
炸白肉魚	白身魚天

3. 其他

醬油	醬油 <small>しょう ゆ</small>
炸物用醬油	天つゆ <small>てん</small>
芥末	わさび
辣椒粉	唐辛子 <small>とうがら し</small>
冷綠茶	冷茶 <small>れいちゃ</small>
綠茶	綠茶 <small>りょくちゃ</small>
白飯	ライス
醃薑	紅ショウガ <small>べに</small>
鹽	塩 <small>しお</small>
抹茶鹽	抹茶塩 <small>まっちゃしお</small>
柚子鹽	ゆず塩 <small>しお</small>
七味粉	七味 <small>しち み</small> ＊以辣椒粉、芝麻、山椒等七種食材 　製作的香辛料

食醋	お酢
日式醬油	タレ
味噌湯	みそ汁 ｜ 味噌汁
芝麻油	ごま油

馬上就能用的會話

01. 有湯匙嗎？

スプーン ありますか。

日本人通常用筷子吃蓋飯，因此餐廳大都不主動提供湯匙。如果想要湯匙，可以向店員要。

02. 有七味粉嗎？

<ruby>七味<rt>しち み</rt></ruby> ありますか。

「<ruby>七味<rt>しち み</rt></ruby>」是以辣椒粉、海苔粉、山藥、陳皮、芝麻、芥子、山椒等七種食材調和的調味料，很多人會加在蓋飯上吃。七味粉的辣味較弱，除了蓋飯外，也可以搭配烏龍麵、蕎麥麵等料理一起享用。

03. 可以外帶嗎？

<ruby>持<rt>も</rt></ruby>ち <ruby>帰<rt>かえ</rt></ruby>り できますか。

在餐廳吃剩想要外帶時，可以這樣和店員表達。

04. 請給我大碗的。

<ruby>大<rt>おお</rt></ruby><ruby>盛<rt>も</rt></ruby>りで <ruby>お願<rt>ねが</rt></ruby>いします。

蓋飯最小碗的稱為「ミニ」，中碗為「<ruby>並盛<rt>なみもり</rt></ruby>」大碗為「<ruby>大盛<rt>おおもり</rt></ruby>」。

05. 請給我主廚推薦套餐。

お任せ コースで お願いします。
<small>まか</small>　　　　　　　　<small>ねが</small>

日本餐廳通常有「主廚推薦套餐」，也就是把全部的料理選擇權都交
給主廚，價格會依店家而不同。

06. 可以再給一些炸物用醬油嗎？

天つゆを もっと もらえますか。
<small>てん</small>

「つゆ」是以醬油、昆布、味醂、砂糖等一起煮，製作出來的炸物用
醬油，和一般醬油相較，顏色較淡，通常會和「天ぷら（天婦羅）」
一起出現。天婦羅用醬油常會加「大根おろし（蘿蔔泥）」一起食
用。

|相關表現| 大根おろしを もっと もらえますか。
　　　　　　<small>だいこん</small>
　　　　　可以再給我一些蘿蔔泥嗎？

07. 已經吃飽了，謝謝。

もう お腹 いっぱいです。
　　　<small>なか</small>

ありがとうございます。

有些天婦羅專賣店會有「主廚推薦套餐」，會持續上菜到客人要求停
止為止。當肚子飽時，可以這麼表達。店員詢問是否要加點時，也可
以這麼回答。

05

火鍋

日語的「鍋」表示鍋子，但也可以用來稱呼火鍋料理。日本天氣變涼時，火鍋便大受歡迎，當地也有招待客人到家裡辦「鍋パーティー（火鍋派對）」的文化，略稱「鍋パ」。

日本火鍋料理中，又以「しゃぶしゃぶ（涮涮鍋）」和「すき焼き（壽喜燒）」最具代表。涮涮鍋是將薄肉片、蔬菜、海鮮等放入滾燙的昆布高湯裡汆燙，再沾柚子醋或芝麻醬料享用的料理。壽喜燒則是以薄肉片、大蔥、茼蒿、香菇、豆腐、蒟蒻等食材，加上醬油、糖、味醂等甜醬料料理的火鍋料理。一般來說，壽喜燒的肉片比涮涮鍋還要厚一些，味道也較鹹，會沾雞蛋吃。日本的火鍋料理依地區不同，味道也稍不相同。

若要享用火鍋料理，建議要先記住重點的火鍋食材。在日本點火鍋，只要告知人數，店家就會依人數給基本食材，再另外加點喜歡的食材即可。日本的份量可能比台灣少一些，如果想要飽足一餐，可以多點一些。

當地人推薦

02

美味火鍋店 Hot 10

---

01 溫野菜（新宿）

おんやさい しんじゅく
溫野菜 (新宿)

　　這是日本知名的涮涮鍋連鎖店，不只在新宿，全國各地的鬧區都有分店。涮涮鍋的湯底有十種，可以挑選兩種，比較不同的口味。這裡選用農場直送的新鮮蔬菜，以及嚴選國內產的肉，且能夠以平實的價格享用，為溫野菜的一大特色。依據肉的不同，一人份套餐的價格從2,948日圓到最貴的5,148日圓（2022年基準）都有，而包含甜點在內的所有餐點，在兩小時內都能免費續。

---

02 To ri na go（惠比壽）

えびす
とりなご (惠比寿)

　　這是位於東京惠比壽的名店。最受歡迎的餐點是「<ruby>鴨<rt>かも</rt></ruby>すき（鴨肉火鍋）」，以新鮮的鴨肉搭配蔥絲一起氽燙來享用。鴨肉油脂少、也富含營養，但在日本並不常見於火鍋料理，如果喜歡鴨肉，務必前往這家店品嘗。價格部份，一份約3,500日圓（2022年基準），兩人以上起鍋。另外，「とりなご」也有許多美味的雞肉料理。

---

03 Mo tsu吉（涉谷）

きち しぶや
もつ吉 (渋谷)

　　「もつ<ruby>鍋<rt>なべ</rt></ruby>」是以味噌、醬油和鹽調味湯底，再放入「もつ（內臟）」和蔬菜一起煮的火鍋料理，源自於福岡，現在在國各地都能享用。「もつ<ruby>吉<rt>きち</rt></ruby>」是位於涉谷的專賣店，除了「もつ鍋（腸鍋）」也有賣漢堡排等肉類料理。店家自製的「<ruby>味噌<rt>みそ</rt></ruby>（味噌）」和內臟、蔬菜非常相搭，價格也實惠，一人份的價格為1,480日圓（2021年基準）。這家店經營上是屬於居酒屋，菜色還可以搭配啤酒享用呢。

④ 八兵衛

（六本木）

八兵衛 (六本木)
<ruby>八<rt>はち</rt></ruby><ruby>兵<rt>べ</rt></ruby><ruby>衛<rt>え</rt></ruby> (<ruby>六本木<rt>ろっぽんぎ</rt></ruby>)

位於六本木寧靜小巷中的福岡料理專賣店，所有料理都十分美味。福岡的火鍋料理有兩種，一個是「もつ鍋（腸鍋）」，另一個是「水炊き（水煮雞肉鍋）」，水煮雞肉鍋類似於燉雞火鍋，以雞肉和雞骨長時間熬煮高湯，再加入各種蔬菜食用。八兵衛的「もつ鍋」一人份1,580日圓，「水炊き」一人份2,480日圓，再搭配其他料理，價格不斐，但氣氛非常好，適合約會。另外，「水炊き」需要長時間熬煮，務必事先預約。

⑤ Syabu Syabu Retasu

（中目黑）

しゃぶしゃぶれたす (<ruby>中目黒<rt>なかめぐろ</rt></ruby>)

很多火鍋店都要兩人份起跳，對於獨自旅行的人來說，非常不方便。而這家店會提供「一人鍋（一人火鍋）」，由於一個人便能開鍋，因此客人大多獨自前往，可以放心享用。店家嚴選20種蔬菜和10種香菇，搭配各種醬料，近來特別受女性喜愛。

06 Chan Ko 增位山（兩國）

ちゃんこ増位山(両国)

東京的「**両国（兩國）**」內有相撲比賽的場地，因此有很多具有悠久歷史傳統的火鍋專賣店，其中最有名的便是這家店，常常有很多相撲選手光顧。

「**ちゃんこ鍋（相撲火鍋）**」原本是專給相撲選手吃的火鍋料理，是加入大塊的雞肉、海鮮、蔬菜等的營養火鍋。「**ちゃんこ鍋**」以醬油、鹽和味噌三種醬料作為湯頭的基底，可以依照自己的喜好選擇。一人份價格為2,400日圓（2022年基準），可以加錢加點其他食材。

07 蒙古苑（新宿）

蒙古苑(新宿)

最近，「**火鍋（中式火鍋）**」在日本十分受歡迎，不少來自中國的火鍋專賣店在日本開店，非常受愛美、愛健康的人士喜愛。「藥膳膠原蛋白火鍋（**薬膳コラーゲン火鍋**）」、「**ヘルシー鍋**（健康火鍋）」和四川料理為主要餐點，價格偏低，火鍋吃到飽為3,980日圓，吃到飽再加上酒喝到飽的套餐為5,930日圓（2022年基準）。

08 赤Kara（涉谷）

赤から(渋谷)

這間店十分受手頭不寬裕的10～20歲的年輕族群歡迎，店家主要販售辣湯頭搭配各種食材的火鍋。最初源自於名古屋，目前全國各地皆能享用，光是東京，就有數十間分店，除了涉谷外，新宿、上野、池袋、銀座、下北澤等地也都有分店。這家店的一大特色是可以自己選擇0到10的辣度，如果對吃辣很有自信，可以挑戰9或10度。價格也非常實惠，兩人份價格由990日圓起跳。

いまふく しろかねたかなわ
今福 (白金高輪)

　　位於安靜的住宅區，在這裡可以享用日本國產黑牛最高等級A5的里脊肉，若想要品嘗日本的高級壽喜燒，這家店非常值得一去。不過，這裡的價位也偏高，一人份會要價10,000～15,000日圓。今福和東京No.1的漢堡排名店「**ミート矢澤**」屬於同一個集團，長年收購最高級的牛肉。另外，今福不只有壽喜燒，也有涮涮鍋等各種肉類料理。

げん ほんかん かんだ
いせ源 本館 (神田)

　　「**あんこう鍋**（鮟鱇魚火鍋）」在台灣比較少見，以白高湯熬煮，屬於比較高級的料理。此店自江戶時代末期開始營業，已有190年歷史的鮟鱇魚湯頭，以醬油作為基底，是這裡的一大特色。廚師會仔細處理鮟鱇魚身上的七個部位，不同的部位可以品嘗到不同的風味。價格部份，一人份為3,500日圓（2022年基準），需兩人以上起鍋。

跟著看菜單

1. 火鍋

螃蟹火鍋	**カニ鍋**（なべ） ＊加入螃蟹一起煮的火鍋	
腸鍋	**もつ鍋**（なべ） ＊以醬油、鹽和味噌湯底調味	
涮涮鍋	**しゃぶしゃぶ**	
螃蟹涮涮鍋	**カニしゃぶしゃぶ**	
鯛魚涮涮鍋	**鯛**（たい）**しゃぶしゃぶ**	
豬肉涮涮鍋	**豚肉**（ぶたにく）**しゃぶしゃぶ**	
章魚涮涮鍋	**タコしゃぶしゃぶ**	
鰤魚涮涮鍋	**ブリしゃぶしゃぶ**	
牛肉涮涮鍋	**牛肉**（ぎゅうにく）**しゃぶしゃぶ**	
壽喜燒	**すき焼**（や）**き** ＊薄片的肉、大蔥、茼蒿、香菇、豆腐等 加調味料烹煮	
鴨肉鍋	**鴨鍋**（かもなべ）	

什錦火鍋	寄せ鍋 *加入各種食材的火鍋
水煮雞肉鍋	水炊き
鮟鱇魚鍋	あんこう鍋 *湯底清澈，會加入鮟鱇魚的各部位一起煮
相撲鍋	ちゃんこ鍋 *相撲選手喜愛的精力火鍋
火鍋	火鍋 *中式火鍋
海鮮火鍋	ちり鍋 *白湯加白肉魚和蔬菜一起煮的火鍋

2. 火鍋食材

日式粉絲	マロニー
高湯	出汁 (だし)
昆布湯	昆布 (こんぶ) だし
豆乳湯	豆乳 (とうにゅう) だし
辣泡菜湯	辛 (から) キムチだし
牛高湯	牛 (ぎゅう) だし
柚子鹽高湯	ゆず塩 (しお) だし
咖哩高湯	カレーだし
火鍋高湯	火鍋 (ひなべ) だし
雞肉丸	鳥 (とり) つみれ｜とりつみれ
豬肉	豚肉 (ぶたにく)
豆腐	豆腐 (とうふ)｜とうふ

年糕	餅｜もち
辣炒年糕	トッポギ
水餃	水餃子｜すいぎょうざ
牛肉	牛肉｜ぎゅうにく
香腸	ウィンナー
粉條	しらたき
蔬菜	野菜｜やさい
水菜	水菜｜みずな
香菜	パクチー
紅蘿蔔	人参｜にんじん
蘿蔔	大根｜だいこん
芹菜	せり

白菜	白菜｜はくさい	
韭菜	ニラ	
茼蒿	春菊｜しゅんぎく	
萵苣	レタス	
洋蔥	玉ねぎ｜たまねぎ	
蔥	ネギ	
金針菇	えのき	
香菇	しいたけ	

3. 收尾料理

收尾料理	〆
雜炊	雑炊
雞蛋雜炊	玉子雑炊

拉麵	ラーメン
燉飯	リゾット
烏龍麵	うどん

01. 請給我<u>兩人份</u>。
　　<ruby>2人前<rt>にん まえ</rt></ruby> ください。

像火鍋等需要依人數點的料理，可以這樣表達。

| 相關表現 | 1人前_{にんまえ} 一人份　3人前_{にんまえ} 三人份
　　　　　　4人前_{にんまえ} 四人份　5人前_{にんまえ} 五人份

02. 請給每人一份。
　　<ruby>人数分<rt>にん ずう ぶん</rt></ruby> ください。

依人數點餐時，可以這麼表達。如果日語不熟，不知道如何表達數字，可以這麼說。

03. 吃到飽是兩小時嗎？
　　<ruby>食べ放題<rt>た ほう だい</rt></ruby>は <ruby>2時間制<rt>に じ かん せい</rt></ruby>ですか。

日本很多火鍋店會提供「<ruby>食べ放題<rt>た ほう だい</rt></ruby>（吃到飽）」服務，不過通常限時90分鐘或120分鐘，在時間內加點，費用都一樣。

04. 請教我怎麼吃。
　　<ruby>食べ方<rt>た かた</rt></ruby>を <ruby>教えて<rt>おし</rt></ruby> ください。

外出旅行時，很可能會遇到點了料理卻不知道怎麼吃的狀況。或是不知道要怎麼使用大量的醬料，這種時候可以這麼和店員表達。

05. 請教我放食材的順序。
具材を 入れる 順番、教えて ください。

火鍋料理各店家的食用方法、順序都稍有不同，涮涮鍋放食材的順序也大有學問，店員大多會說明，若店員沒說明，或是聽不懂，都可以這麼詢問。

06. 可以再加一點高湯嗎？
お出汁を もっと 足して もらえますか。

火鍋料理會持續沸騰，當然湯汁也會持續蒸發，想要補高湯時可以向店員這麼說。在日本加湯是免費的。

07. 請再加這個和這個。
これと これを 追加して ください。

吃火鍋時想加點食材時可以手指菜單，或手指眼前的食材來對店員表達。

08. 最後請上烏龍麵。
〆で うどんを お願いします。

日本吃火鍋料理時會有「〆（收尾料理）」，通常會是用火鍋的湯汁煮的烏龍麵，或是在火鍋裡加入米飯，煮成「雑炊（雜炊稀飯）」。句中畫線部份可以改成喜歡的食材。

06

甜點、麵包、飲料

01 開始吃甜點、麵包、飲料！

　　到日本旅行，絕對不能錯過的就是探訪「**スイーツ**（甜點）」和「**カフェ**（咖啡店）」！糕點技術發達的日本，不論走到哪裡，都有蘊含當地特色的美味甜點、麵包和咖啡。舉例來説，前往北海道，到處會看到以新鮮的牛奶和起司製作的糕點，前往京都，能品嘗各式各樣日本傳統和菓子和抹茶點心。

　　日本的糕點在台灣也很受歡迎，在百貨公司美食區都能找到賣場。儘管如此，到日本當地尋找只有當地才有的點心、麵包店、咖啡店，不也是旅行的一大樂趣嗎？

　　日本有非常多的咖啡店！從數十年前就堅持以同樣方式製作咖啡的老字號咖啡店，到嚴選咖啡豆、以最新技術製作咖啡的新潮咖啡店皆有，種類十分多元。當然，像「**スターバックスコーヒー**（星巴克）」、「**ドトールコーヒー**（羅多倫咖啡）」、「**コメダ珈琲**（客美多咖啡）」、「**タリーズコーヒー**（塔利咖啡）」等等的知名連鎖店也很多。旅行中感到疲勞時，不妨到咖啡店休息一下。

東京的甜點、麵包、飲料專賣店 Hot 10

01 Mojo Coffee（神樂坂）

Mojo Coffee (神樂坂)

　　原為紐西蘭知名咖啡店，跨海到日本東京神樂坂開設第一間海外分店。如果喜歡加牛奶的拿鐵或卡布奇諾，務必前往品嘗。店家的濃縮風味較強，如果喜歡濃咖啡，也十分推薦。店內也有販售手工蛋糕和手工餅乾。

02 coffee amp.（高圓寺）

coffee amp. (高円寺)

　　位於寧靜的「**高円寺**」地區的一間特別的咖啡店，規模雖小，但備有來自世界各國的優良咖啡豆，在咖啡愛好者中十分知名。在距離都市中心一段距離的小地區，享受特別的咖啡，感覺很像自己是在東京生活的學生。

03 About Life Coffee Brewers（涉谷）

About Life Coffee Brewers (涉谷)

　　位於涉谷坡上，以外帶為主的咖啡專賣店，常常登上日本的雜誌，也有不少外國遊客前往。本店在東京十分知名，提供嚴選出的三種類咖啡原豆。

④ Fuglen Tokyo（代代木公園）

Fuglen Tokyo（代々木公園）
<ruby>代<rt>よ</rt></ruby><ruby>々<rt>よ</rt></ruby><ruby>木<rt>ぎ</rt></ruby><ruby>公<rt>こう</rt></ruby><ruby>園<rt>えん</rt></ruby>

　　Fuglen來自挪威的知名品牌，以品質優異的咖啡出名。店家位於離代代木公園站走路五分鐘的距離，雖然是咖啡店，但晚上會變身為酒吧，對年輕的東京人來說，既能喝咖啡又能品酒，十分具魅力。

⑤ pointage（麻布十番）

pointage（麻布十番）

　　喜愛麵包的東京人都非常愛好這間麵包店。店家並不大，但有麵包、飲料內用區，也有店家自製的餐點。推薦的麵包是「**大人のミルクフランス**（大人的牛奶法式麵包）」和「**シュークリーム**（奶油泡芙）」，周末可能在中午前就售完，相當受歡迎。提供午餐的時段是上午11點30分到下午3點，有新鮮蔬菜、濃湯、三明治等，價格只要1,000日圓。

06 Uneclef（豪德寺）

Uneclef (豪徳寺_{ごうとくじ})

在糕點發達的日本，最受歡迎的店家是哪間呢？位於寧靜的住宅區中，不管平日假日，都人潮絡繹不絕的「Uneclef」，是近2～3年非常受歡迎的店家，麵包味美，外型也漂亮，網路上常常可以看到人們上傳這家店的麵包照片。店內品項多元，有加入新鮮水果的丹麥麵包、馬芬、司康等等。

07 鵜鶘咖啡廳（田原町站）

ペリカンカフェ (田原町駅_{たわらまちえき})

「パンのペリカン（鵜鶘麵包店）」位於淺草寺附近，是一間擁有75年歷史的麵包店，最近非常受矚目，還曾出過書，並拍成電影。於2017年開張「ペリカンカフェ」，在這家咖啡廳內也可以享用「パンのペリカン」的美味麵包。「炭焼_{すみや}きトースト（炭烤吐司）」和「フルーツサンド（水果三明治）」都很獨特。

08 白一（涉谷）

白一_{しろいち} (渋谷_{しぶや})

逛涉谷時不時會看到有人在享用長長的冰淇淋，蠻可能就是來自這家的「生_{なま}アイス（生冰淇淋）」。這是由店家嚴選過的牛奶製作的簡單冰淇淋，不使用雞蛋、鮮奶油、奶油等添加物，帶有濃郁的牛奶清爽風味，嚐過一次就很難忘記。在炎熱的夏天，常要等候30分鐘～1小時才能買到。

⑨ 群林堂（護國寺）

群林堂 (護国寺)
_{ぐんりんどう} _{ごこくじ}

　　如果喜歡日本傳統點心，非常推薦離護國寺大約步行3分鐘距離的「群林堂」。店家有東京最知名的「**豆大福**（豆餡大福）」，即便_{まめだいふく}位於距離觀光景點有一段路的住宅區，也是人潮絡繹不絕。這裡的客人大多是日本人，生意非常好，如果不是上午前往，很可能會向隅。

⑩ 近江屋洋菓子店（淡路町）

近江屋洋菓子店 (淡路町)
_{おうみやようがしてん} _{あわじちょう}

　　日本有許多店家長年堅守著傳統，在這間於1884年創業，歷史超過130年的咖啡店裡，可以品嘗以傳統方式製作的點心和麵包，還可以無限暢飲飲料。如果希望待久一點，不妨到這裡來。

1. 甜點

紅豆湯	**ぜんざい / おしるこ** ＊日本的紅豆湯比較不甜	
銅鑼燒	**どら焼き** ＊以麵粉、雞蛋、砂糖攪拌後製作成鬆餅， 　兩片間放紅豆餡料的傳統點心	
草莓塔	**イチゴのタルト**	
砂糖吐司	**ラスク** ＊塗上加糖的蛋白後烘烤的吐司	
瑪德蓮蛋糕	**マドレーヌ**	
馬卡龍	**マカロン**	
蒙布朗	**モンブラン**	
年輪蛋糕	**バウムクーヘン**	
剉冰	**かき氷	かきごおり**	
生巧克力	**生チョコ**	
冰淇淋	**ソフトクリーム**	

舒芙蕾	スフレ	
奶油泡芙	シュークリーム	
餡蜜	あんみつ *在紅豆上加水果、年糕、果凍、冰淇淋等的日本傳統點心	
羊羹	羊羹 <small>ようかん</small>	
閃電泡芙	エクレア *沾巧克力的奶油泡芙	
糰子	だんご	
甜醬油團子串	みたらし団子 <small>だん ご</small> *沾甜醬油的糰子	
櫻花糰子	さくら団子 <small>だん ご</small> *賞花時吃的糰子，會加入其他材料改變糰子的顏色，依序會是粉紅色、白色、綠色	
杏仁豆腐	杏仁豆腐 <small>あんにんどう ふ</small>	
大福	大福 <small>だいふく</small>	
蜂蜜蛋糕	カステラ	
蛋糕	ケーキ	

蛋糕捲	ロールケーキ	
鮮奶油蛋糕	^{なま}生クリームケーキ	
水果蛋糕	ショートケーキ	
戚風蛋糕	シフォンケーキ	
起司蛋糕	チーズケーキ	
杯子蛋糕	カップケーキ	
餅乾	クッキー	
可麗餅	クレープ	
焦糖布丁	クレーム・ブリュレ ＊在布丁上加糖去烤，讓表面微焦	
百匯	パフェ ＊在奶油、水果上加冰淇淋的點心	
派	パイ	
薄煎餅	パンケーキ	

布丁	プリン
法式吐司	フレンチトースト

2. 麵包

大蒜麵包	ガーリックトースト
薯餅麵包	コロッケパン
丹麥餡餅	デニッシュ
甜甜圈	ドーナツ
馬芬	マフィン
波羅麵包	メロンパン
法式長麵包	バゲット
奶油捲	バターロール
貝果	ベーグル

小麥麵包	麦パン
布里歐麵包	ブリオッシュ ＊法式傳統麵包，加入奶油和雞蛋，風味絕佳
巧克力麵包	パン・オ・ショコラ
三明治	サンドイッチ
螺旋麵包	コロネ
肉桂捲	シナモンロール
吐司	食パン
鬆餅	ワッフル
咖哩麵包	カレーパン
熱狗麵包	コッペパン ＊在日本除了夾食材之外還有許多不同吃法，如在麵包裡面加上果醬或餡料，或是整個下去炸。近來開了不少專賣店
紅豆奶油麵包	あんマーガリン

草莓醬奶油麵包	ジャムマーガリン
美乃滋抹雞蛋	たまご
炸火腿	ハムカツ
炒麵	やきそば
藍莓醬奶油起司	ブルーベリークリームチーズ
可頌	クロワッサン
奶油麵包	クリームパン
鹹派	キッシュ *派上加起司、蔬菜、海鮮、火腿等配料， 　再加以雞蛋和牛奶製作的醬料去烤的法式料理
紅豆麵包	あんパン
佛卡夏	フォカッチャ
蝴蝶餅	プレッツェル
熱狗	ホットドッグ

核桃麵包	くるみパン

3. 飲料

綠茶	緑茶 <ruby>りょくちゃ</ruby>
抹茶	抹茶 <ruby>まっちゃ</ruby>
煎茶	煎茶 <ruby>せんちゃ</ruby> ＊以蒸汽蒸茶葉製成的綠茶
焙茶	ほうじ茶 <ruby>ちゃ</ruby>
深蒸綠茶	深蒸し茶 <ruby>ふかむ</ruby><ruby>ちゃ</ruby> ＊以綠茶葉長時間蒸的茶
豆奶拿鐵	豆乳ラテ / ソイラテ <ruby>とうにゅう</ruby>
皇家奶茶	ロイヤルミルクティー
南非國寶茶	ルイボスティー
抹茶拿鐵	抹茶ラテ <ruby>まっちゃ</ruby>
哈密瓜蘇打	メロンソーダ

奶昔	シェイク
草莓奶昔	ストロベリーシェイク
香草奶昔	バニラシェイク
巧克力奶昔	チョコシェイク
冰茶	アイスティー ＊冰茶通常會有「ストレート（紅茶）」、 「レモン（檸檬）」和「ミルク（牛奶）」 三種口味
優格	ヨーグルト
烏龍茶	ウーロンちゃ **烏龍茶**
牛奶	ミルク / ぎゅうにゅう **牛乳**
果汁	ジュース
果肉果汁	なま 生フルーツジュース
草莓果汁	イチゴジュース
草莓香蕉果汁	イチゴバナナジュース

香蕉果汁	バナナジュース	
蘋果果汁	リンゴジュース	
柳丁果汁	オレンジジュース	
葡萄柚果汁	グレープフルーツジュース	
蔬菜果汁	野菜(やさい)ジュース	
蔓越莓果汁	クランベリージュース	
奇異果果汁	キーウィジュース	
番茄果汁	トマトジュース	
鳳梨果汁	パイナップルジュース / パインジュース	
咖啡	コーヒー	
低咖啡因咖啡	カフェインレス コーヒー *咖啡因非常少的咖啡	
混合咖啡	ブレンドコーヒー	

維也納咖啡	ウィンナーコーヒー
美式咖啡	アメリカンコーヒー
義式濃縮咖啡	エスプレッソ
咖啡拿鐵	カフェ・ラテ
咖啡摩卡	カフェ・モカ
卡布奇諾	カプチーノ
可可亞	ココア
可樂	コーラ
紅茶	<ruby>紅茶<rt>こうちゃ</rt></ruby>
大吉嶺茶	ダージリン
阿薩姆茶	アッサム
伯爵茶	アールグレイ

04　馬上就能用的會話

01. 可以再給一支<u>叉子</u>嗎？
<u>フォーク</u>を もう 一つ もらえますか。

叉子掉到地上，或是有少時，可以像例句一樣向店員再要一支。此外，也可以索取「**ナイフ（刀子）**」、「**ウェットティッシュ（濕紙巾）**」等物品。

02. 請給我一杯<u>熱咖啡</u>。
<u>ホット コーヒー</u>、一つ ください。

「hot」的日文發音要注意，和英文稍有不同，若發音不標準，店員可能聽不懂。想要熱飲時，可以説「**ホット**」，而想要冷飲時，可以説「**アイス**」。

| 相關表現 | ホット カフェラテ ください。　請給我熱拿鐵。
　　　　　　カフェラテ、ホット ください。　請給我拿鐵，熱的。
　　　　　　アイス カフェラテ ください。　請給我冰拿鐵。
　　　　　　カフェラテ、アイス ください。　請給我拿鐵，冰的。

03. 麻煩給我<u>S</u>大小的。
<u>S</u> サイズで お願いします。

咖啡大小通常分「**エス（S）**」、「**エム（M）**」、「**エル（L）**」或「**ショート（Short，等同S）**」、「**トール（Tall，等同M）**」、「**グランデ（Grande，等同L）**」。畫線部份可以替換成自己想要的尺寸。

04. 咖啡請幫我做淡一點。

コーヒーを 少し 薄めで お願いします。

日本的咖啡口味常常偏濃一些，如果喜歡淡一點的口味，在連鎖店比起「ブレンドコーヒー（品牌咖啡）」，點「アメリカンコーヒー（美式）」更好。如果沒有美式咖啡，可以要求做淡一些。

| 相關表現 | 少し 濃いめで お願いします。　請幫我做濃一點。

05. 請幫我加濃縮。

ダブルショットで お願いします。

有人喜歡淡咖啡，當然也有的人喜歡濃咖啡。可以參考例句，要求增加一份濃縮。

06. 請不要加<u>生奶油</u>。

<u>生クリーム</u>は 無しで お願いします。

日本的巧克力、熱巧克力、卡布奇諾、奶昔等飲料，通常會加「生クリーム（生奶油）」或「ホイップクリーム（鮮奶油）」。如果在意熱量，可以要求店員不要加。

07. 不用<u>糖漿</u>和<u>牛奶</u>。

<u>シロップ</u>と <u>ミルク</u>は 要らないです。

點咖啡時，有時候店員會詢問是否需要「シロップ（糖漿）」或「ミルク（牛奶）」，不需要的話就可以這樣回覆。

07

居酒屋

01 到居酒屋吃東西

可以品嘗酒和各種下酒菜料理的日式酒店，稱作居酒屋。居酒屋並非以食物為主，因此餐點份量並不多。前往居酒屋，會先上「**お通し**（開胃菜）」。一般會先點酒或飲料，酒或飲料上完再點餐點。當然，同時點酒和餐點也無妨。

除了有個人經營的小居酒屋，全國各地都能見到的大連鎖店也不少。前往東京的銀座、六本木，能看到許多高級居酒屋。有許多居酒屋店家專賣特定料理，如專賣「**焼き鳥**（烤雞肉串）」或「**串カツ**（炸串燒）」等。

如果要顧荷包，不妨考慮一下大眾連鎖店。知名的居酒屋連鎖店有「**和民**（和民）」、「**はなの舞**（花之舞）」、「**やぐら茶屋**（櫓茶屋）」、「**白木屋**（白木屋）」、「**笑笑**（笑笑）」、「**土間土間**（土間土間）」、「**庄や**（庄屋）」、「**つぼ八**（壺八）」、「**天狗**（天狗）」、「**金の蔵**（金之蔵）」等等，非常多元。有些店只有在特定地區能找到，而各店的價格稍有不同，不過菜單大抵相似。

日本特色下酒菜 Hot 10

01 醃海藻

もずく酢

　　醃海藻以沖繩大海的海藻醃製，外型和口感都十分獨特。不但熱量低，且富含礦物質和維他命，非常受女性喜愛。

02 芥末章魚

たこわさ

　　這是日本的代表下酒菜，章魚加鹽和「**日本酒（日本酒）**」發酵過，再沾芥末食用。有助於消除疲勞，且非常開胃。

03 醬油燉牛筋

牛すじ煮込み

　　牛筋帶嚼勁的口感，搭配帶甜和鹹味的醬油，作為下酒菜，再合適不過了。

04 生馬肉

馬刺し

　　幾年前，日本開始禁止生吃牛肉，但馬肉還是能夠生吃。生馬肉會做成生魚片般一片片的料理，馬肉的油脂少、風味清淡，味道出色。

05 炸牡蠣

カキフライ

　　日本人非常喜愛牡蠣，
秋冬的當季料理中經常
可看見炸過的牡蠣。日
本的牡蠣偏大，且帶乳
白色。

06 炸雞軟骨

なんこつのから揚げ

　　一般來說「**唐揚げ**」專指油炸
的雞肉料理，此為將雞的軟
骨沾炸衣後油炸。嚼起
來的口感非常棒。

07 雞胗串

砂肝の焼き鳥

　　日本一般是將雞胗做成串燒烤
來吃，且只沾鹽，不加其他調
味料，可以品嘗雞胗原
本的風味。

08 蘆筍培根捲串

アスパラのベーコン巻き

　　到居酒屋除了喝酒，大部分都
會吃肉類的料理，不過十分推
薦蘆筍培根捲串。蘆筍
非常健康，而且烤過後
富含水分，味美又香。

09 煙燻明太子

燻製明太子

　　這道料理是以煙燻方式來烤明
太子，烤過的明太子外表散發煙薰
出來的香氣，而裡面則
可以感受其原本的風
味。可以想像是烤成半
熟的明太子。

10 日式蛋捲

出汁巻き卵

　　居酒屋最具代表性的下酒菜就
是「日式蛋捲」。日式蛋捲在蛋汁
中加入高湯製作，依店家和地區不
同，可能會加入鹽或砂糖
來調味。這種蛋捲可搭
配蘿蔔絲，再沾醬油來
吃，美味的讓人不自覺
豎起大拇指。

03 跟著看菜單

1. 酒

水果酒	<ruby>果実酒<rt>か じつしゅ</rt></ruby>
桑格莉亞水果酒	フルーツサングリア ＊以紅酒加水果、果汁、 　碳酸飲料製成的冷飲
水果燒酒	サワー ＊在燒酒或清酒內加入果汁的飲料
綠茶燒酎	<ruby>緑茶<rt>りょくちゃ</rt></ruby>ハイ
檸檬燒酒	レモンサワー
醃梅燒酒	<ruby>梅干<rt>うめ ぼ</rt></ruby>しサワー
哈密瓜燒酒	メロンサワー
檸檬汁燒酒	<ruby>生絞<rt>なましぼ</rt></ruby>りレモンサワー
葡萄柚燒酒	<ruby>生絞<rt>なましぼ</rt></ruby>りグレープフルーツサワー
扁實檸檬燒酒	シークワーサーサワー ＊加入沖繩產的「扁實檸檬」汁的燒酒
烏龍燒酎	ウーロンハイ

柚子燒酒	ゆずサワー
茉莉燒酒	ジャスミンハイ
可爾必思燒酒	カルピスサワー
梅酒	梅酒 (うめしゅ)
啤酒	ビール
瓶啤酒	瓶ビール (びん)
生啤酒	生ビール (なま)
Asahi DRY ZERO	アサヒドライゼロ
Asahi SUPER DRY	アサヒスーパードライ
日本酒	日本酒 (にほんしゅ)
燒酎	焼酎 (しょうちゅう)
不加任何東西 直接喝	ストレート

加熱水喝	お湯割り
加冷水喝	水割り
加氣泡水喝	ソーダ割り
汽水	ソフトドリンク
綠茶	緑茶
蘋果汁	りんごジュース
柳丁汁	オレンジジュース
烏龍茶	烏龍茶
葡萄柚汁	グレープフルーツジュース
薑汁汽水	ジンジャーエール
可樂	コーラ
鳳梨汁	パインジュース

雞尾酒	カクテル
萊姆可樂	ラムコーク
莫吉托	モヒート
琴通寧	ジントニック
黑醋栗蘇打	カシスソーダ
黑醋栗柳丁	カシスオレンジ
卡魯哇牛奶	カルーアミルク
無酒精雞尾酒	ノンアルコールカクテル
小貓咪	キティー
	*以紅酒為基底做的雞尾酒，以紅酒加琴通寧，是酒精含量較低的飲料
招牌酒 紅／白	ハウスワイン 赤／白
玻璃杯	グラス
醒酒瓶	デキャンタ

酒瓶	**ボトル**
高球	**ハイボール** ＊雞尾酒的一種，加入威士忌、白蘭地 　和汽水的冰飲

2. 下酒菜

烤魟魚翅	**エイヒレ<ruby>炙<rt>あぶ</rt></ruby>り**
馬鈴薯沙拉	**ポテトサラダ**
薯條	**フライドポテト**
味噌漬大腸	**もつ<ruby>煮込<rt>に こ</rt></ruby>み**
烤飯糰	**<ruby>焼<rt>や</rt></ruby>きおにぎり**
炸牡蠣	**カキフライ**
炸串燒	**<ruby>串<rt>くし</rt></ruby>カツ** ＊大阪等山部地區的代表下酒菜， 　將各種食材串起來油炸， 　沾醬料或灑鹽吃
帆立貝	**<ruby>帆立<rt>ほ たて</rt></ruby>｜ホタテ**

地瓜	さつま芋（いも）
南瓜	かぼちゃ
豬肉	豚（ぶた）
年糕	もち
鵪鶉蛋	うずら
蝦子	エビ
醃紅薑	紅（べに）ショウガ
牛肉	牛（ぎゅう）
香腸	ウィンナー
洋蔥	玉（たま）ねぎ
蓮藕	蓮根（れんこん）｜レンコン
魷魚	イカ

起司	チーズ
金針菇	えのき
香菇	しいたけ
雞翅	手羽先
炸雞軟骨	なんこつの唐揚げ
雞肉串	焼き鳥
雞胸肉	胸肉
雞胸肉夾蔥	ねぎま
雞肝	レバー
雞皮	皮
雞大腿	もも
雞胗	砂肝

雞心	ハツ
雞屁股	ぼんじり
雞軟骨	なんこつ
雞肉丸	つくね
綜合雞肉串	焼き鳥盛り合わせ
日式炸雞	唐揚げ
烤牛肉	ローストビーフ
生馬肉片	馬刺し
炙燒明太子	炙り明太子
章魚芥末	たこわさ
炸章魚	たこ唐揚げ
生火腿	生ハム

綜合香腸拼盤	ソーセージの盛り合わせ
煮牛筋	牛すじ煮込み
牛排	ステーキ
凱薩沙拉	シーザーサラダ
酪梨蝦沙拉	アボカド海老サラダ
蘆筍培根捲串	アスパラのベーコン巻き
鯷魚拌高麗菜	アンチョビキャベツ *以橄欖油炒高麗菜拌鯷魚切片和大蒜的料理
炒蕎麥麵	焼きそば
醃小黃瓜	きゅうり一本漬け *用鹽直接醃一整根小黃瓜， 　居酒屋常見的餐點
茶泡飯 梅子 / 鮭魚	お茶漬け 梅/鮭 *將飯泡入綠茶中的簡單料理， 　很多人喝酒後會點來當收尾菜
什錦燒	お好み焼き

高湯蛋捲 / 日式蛋捲	だし巻き卵 / 卵巻き	
綜合醃蔬菜	漬け物盛り合わせ	
鐵板燒煎餃	鉄板餃子	
南蠻雞	チキン南蛮 *將雞肉炸過、稍沾甜醋後， 　再撒塔塔醬的料理	
卡布里沙拉	カプレーゼ	
毛豆	枝豆	
醋醃海藻	もずく酢	
三種生魚片 綜合拼盤	お刺身3点盛り	
五種生魚片 綜合拼盤	お刺身5点盛り	

馬上就能用的會話

01. 有<u>瓶裝啤酒</u>嗎？

<u>瓶^{びん}ビール</u> ありますか。

到居酒屋大多會點到「生^{なま}ビール（生啤酒）」，但如果想喝瓶裝的啤酒，就要記住這句話。

02. 有無酒精飲料嗎？

ノンアルコール メニューも ありますか。

不喝酒的人到居酒屋，也可以點無酒精的飲料來喝。包括「ソフトドリンク（碳酸飲料）」和「ノンアルコールカクテル（無酒精雞尾酒）」等。

03. 酒請幫我做<u>濃一點</u>。

お酒^{さけ}を 濃いめに して ください。

在日本的居酒屋裡「サワー」基本等於「酎^{ちゅう}ハイ」，指的都是用燒酒加上果汁或碳酸飲料的飲料，很常見。在日本不常直接喝酒和福特加，通常會稀釋，因此有時會太淡或太濃，點酒時可以先告知自己的喜好。

> |相關表現| お酒^{さけ}を 薄^{うす}めに して ください。
> 酒請幫我做淡一點。

04. 請給我大杯的<u>檸檬燒酒</u>。

メガ レモンサワー ください。

最近超過 500ml 的大杯酒在日本很流行，特別常點的是啤酒和檸檬燒酒。因為很大杯，最好事先有心理準備。「大杯」的日語是「**メガ**」或「**ジョッキ**」。一般大小會説「**グラス**」。

| 相關表現 | レモンサワーを ジョッキで お願^{ねが}いします。
請給我大杯的檸檬燒酒。

05. 哪樣下酒菜最美味？（推薦餐點是什麼？）

おつまみは 何^{なに}が おすすめですか。

下酒菜的日語是「**おつまみ**」。個人經營的居酒屋常會依季節更換菜單，可以乾脆讓店家推薦餐點。

06. 現在先這些。

とりあえず 以上^{いじょう}です。

點餐時，想説「先給我這些」時可以這麼説。也可以簡短説「とりあえず」或是「以上^{いじょう}です」。

07. 這家店開到幾點？

この お店^{みせ}は 何時^{なんじ}まで やってますか。

如果有中意的居酒屋，不妨問一下營業時間。

08

家庭料理、西式餐點

日本電視劇「深夜食堂」、電影「海鷗食堂」中出現的家庭料理，應該有不少人想吃吃看吧？這種料理，如果會一點日語的話可以前往日本巷弄中的食堂品嚐，但如果是日語新手，建議前往家庭套餐連鎖店，價格低、且有餐點照片，點餐會方便許多。

　　家庭套餐連鎖店，以「**やよい軒**（彌生軒）」和「**大戸屋**（大戶屋）」最為代表，全國各地都有分店，很多上班族會在中午前往，但早餐用的的套餐也很受歡迎。家庭料理大多會具備白飯、味噌湯、雞蛋、豆腐等，旅客也能吃的滿足。

　　明治維新後，西洋文物開始進入日本，西洋料理也就此開始普及。日本的西洋料理中，以合日本人胃口的豬排、蛋包飯、咖哩飯等最為代表。另外，日本的西式料理稱為「**洋食**」。

日式家庭套餐
Hot 10

01 Café & Meal MUJI（渋谷）

Café & Meal MUJI (渋谷)

　　由無印良品經營的咖啡餐廳，在這裡可以享用健康的日式家庭料理，冷、熱皆有，可以單點或選擇套餐。三種配菜為850日圓，四種配菜為1,000日圓，價格平易。另外，東京除了渋谷，新宿、日比谷、二子玉川車站等皆有賣場。

02 黑川食堂（中目黑）

黑川食堂 (中目黑)

　　到了花開的季節，中目黑就會變得人山人海，再這樣的社區中，有著當地人喜愛的美食。在這裡點中餐，就能無限享用農場直送的新鮮沙拉和水果。受歡迎的午餐餐點有「チキン南蛮（南蠻雞）」套餐、「エビフライ（炸蝦）」套餐、「唐揚げ（日式炸雞）」套餐等。

03 鶴龜食堂（新宿）

つるかめ食堂 (新宿)

　　位於新宿的「つるかめ食堂」擁有超過60年以上的歷史，備受日本民眾喜愛。日本很多家庭式餐廳都很早關門，這家店則會營業到晚上11點才打烊。走進店家，會有彷彿搭乘時光機，回到數十年前的錯覺，餐點也十分誘人。

04 Mu Sa Shi Ya（新橋）

むさしや（新橋）

　　在東京新橋有間開業超過130年的人氣西式料理店，店家位於大樓的一角，店內狹小且只有吧台座位，但不論平日還是周末，都需要排隊等候。最受歡迎的餐點是130年間一直都很受歡迎的蛋包飯。此外，「ナポリタン（拿坡里義大利麵）」、「ミートソーススパゲティ（肉醬義大利麵）」、以醬油奶油製作的「和風スパゲティ（日本風義大利麵）」、「ドライカレー（乾咖哩）」、「チキンライス（炒雞飯）」等，也非常受歡迎。

05 Fu Ji Ya 食堂（麻布十番）

ふじや食堂（麻布十番）

　　從六本木步行10～15分鐘到麻布十番，會看到雅致美麗的街道。這裡是歷史悠久的商店街，十分受日本人喜愛。其中，「ふじや食堂」價格實惠，且有超過70種餐點可以自由選擇。魚類是主要料理，「カレイ煮付つけ（煮鰈魚）」、「さばの味噌煮（味噌青花魚）」、「アジフライ（炸竹筴魚）」、「さば塩焼き（鹽烤青花魚）」等，非常受歡迎。

⑥ Mi No Rin Go（原宿）

みのりんご (原宿)

　　「みのりんご」是「キーマカレー（乾咖哩）」的知名店家，位於十幾歲年輕人所在的原宿。乾咖哩是咖哩的一種，以碎肉和碎蔬菜一起炒製而成，店家還會加上滿滿的起司，相當受歡迎。加上「**温泉たまご（温泉蛋）**」的乾咖哩也很受喜愛，因為咖哩的強烈味道會被起司和溫泉蛋緩和。如果喜歡咖哩，一定要來品嘗一下。

⑦ Se Ki Gu Chi 亭（代代木公園）

せきぐち亭 (代々木公園)

　　代代木公園公園附近，有一間非常雅緻的西式餐廳。這裡以「符合日本人口味的西式餐點」聞名，以味噌、白飯、醬油入菜，並以日式味噌代替西式濃湯。代表餐點是「**ビーフシチュー（牛肉濃湯）**」，製作非常耗時，需要以醬汁燉肉三天，才能煮出軟嫩的肉。

⑧ Brasserie dompierre（銀座一丁目）

ブラッスリー ドンピエール (銀座一丁目)

　　東京銀座附近有很多知名的法式餐廳，其中，「**ブラッスリードンピエール**」在1984年創業，擁有35年的歷史，為銀座的人氣法式餐廳。價格合理又味美，人潮絡繹不絕，尤其最為推薦「**ビーフカレー（牛肉咖哩）**」。這式法式料理知名廚師開發的咖哩，以日本高級「**和牛（和牛）**」長時間熬煮，十分味美。

⑨ 歐風 Curry bondy（神保町）

<ruby>欧風<rt>おうふう</rt></ruby><ruby>カレーボンディ<rt></rt></ruby>(<ruby>神保町<rt>じんぼちょう</rt></ruby>)

　　這裡有被推薦為東京最美味的咖哩，有超越個人喜好的滋味。「**欧風カレーボンディ**」的咖哩非常簡單，以乳製品和各種蔬菜水果一起製作，品嘗一口，便會散發既甜又香的風味，堪稱為咖哩愛好者的聖地。點咖哩時附贈的馬鈴薯，也是美味的秘訣之一，將帶皮的馬鈴薯抹奶油、沾咖哩後享用看看吧。

⑩ 資生堂 Parlour（銀座）

<ruby>資生堂<rt>しせいどう</rt></ruby><ruby>パーラー<rt></rt></ruby>(<ruby>銀座<rt>ぎんざ</rt></ruby>)

　　這間店位於東京銀座，自1902年創立，至今超過100年，為當地最具代表性的西式餐廳。「**資生堂パーラー**」位於銀座資生堂大樓的4和5樓，「**カレーライス**（咖哩飯）」、「**ハヤシライス**（牛肉燴飯）」、「**オムライス**（蛋包飯）」都保有日本明治時代的風味。最受歡迎的蛋包飯其價格為2,470日圓，雖偏貴，但男女老少都愛不釋手。午餐套餐和晚餐套餐一人約5,000～10,000日圓。

02‧築地人推薦

03 跟著看菜單

1. 家庭料理

生雞蛋	生^{なま}たまご	

生雞蛋 ‖ 生<ruby>生<rt>なま</rt></ruby>たまご

納豆 ‖ <ruby>納豆<rt>なっとう</rt></ruby>

醬油漬南瓜 ‖ かぼちゃの<ruby>煮物<rt>に もの</rt></ruby>

大豆醃羊棲菜 ‖ <ruby>大豆<rt>だい ず</rt></ruby>とひじきの<ruby>煮物<rt>に もの</rt></ruby>

豆腐小魚沙拉 ‖ <ruby>豆腐<rt>とう ふ</rt></ruby>とじゃこのサラダ

白飯 ‖ ご<ruby>飯<rt>はん</rt></ruby>／ライス

白米 ‖ <ruby>白米<rt>はくまい</rt></ruby>

麥飯 ‖ <ruby>麦<rt>むぎ</rt></ruby>ごはん

雜穀米 ‖ <ruby>雑穀米<rt>ざっこくまい</rt></ruby>

涼拌芝麻菠菜 ‖ ほうれん<ruby>草<rt>そう</rt></ruby>のごま<ruby>和<rt>あ</rt></ruby>え

味噌湯 ‖ み<ruby>そ汁<rt>しる</rt></ruby>｜<ruby>味噌汁<rt>み そ しる</rt></ruby>

豬肉味噌湯 ‖ <ruby>豚汁<rt>とんじる</rt></ruby>

小魚蘿蔔泥	じゃこおろし

*具代表性的家庭小菜，在海鮮和蘿蔔上淋醋，口味清爽

套餐	定食

青菜炒肉套餐	肉野菜炒め定食
青花魚味噌套餐	サバの味噌煮定食
鹽烤青花魚套餐	サバの塩焼き定食
炸牡蠣套餐	カキフライ定食
日式炸雞套餐	唐揚げ定食
半釉汁漢堡排套餐	デミハンバーグ定食

*半釉汁（デミグラスソース）是以牛骨熬煮出來的濃汁，來自法國，在日本的洋食裡很常見

豬排套餐	とんかつ定食
薑燒豬肉套餐	生姜焼き定食
味噌豬排套餐	味噌カツ煮定食

*豬排配上味噌醬料的名古屋風料理

炭烤雞肉套餐	炭火焼きチキン定食

03・跟著看菜單

照燒套餐	**すき焼き定食**
烤牛舌套餐	**牛タン定食**
和風蘿蔔泥漢堡排套餐	**和風おろしハンバーグ定食** ＊漢堡排加日式醬油和蘿蔔泥，口味清淡
起司漢堡排套餐	**チーズハンバーグ定食**
雞排套餐	**チキンステーキ定食**
牛排塊套餐	**カットステーキ定食**
蒸蔬菜	**野菜のせいろ蒸し**

2. 西式餐點

炸螃蟹奶油薯餅	カニクリームコロッケ

炸牛排三明治 | **牛カツサンド**
*包麵粉炸過的牛排的三明治

那不勒斯義大利麵 | **ナポリタン**
*加入青椒、香腸、洋蔥等的日式傳統義大利麵，加番茄醬炒，幾乎沒有湯汁

豬排 | **ポークステーキ**

肉燴飯 | **ミートドリア**

綜合燒烤 | **ミックスグリル**
*有肉排、炸蝦、炸海鮮

燉湯 | **シチュー**

高麗菜捲 | **ロールキャベツ**
*用高麗菜將切碎的蔬菜和碎肉捲在一起的蒸料理

炸豬排 | **カツレツ**
*日式傳統炸豬排

蛋包飯 | **オムライス**

咖哩 | **カレー**

茄子咖哩	なすカレー
豬肉咖哩	ポークカレー
乾咖哩	キーマカレー
豬排咖哩	ロースカツカレー
絞肉豬排咖哩	メンチカツカレー
香菇咖哩	きのこカレー
蝦子蛤蜊咖哩	エビあさりカレー
牛肉咖哩	ビーフカレー
菠菜咖哩	ほうれん草カレー
蔬菜咖哩	野菜カレー
起司咖哩	チーズカレー
雞肉咖哩	チキンカレー

雞排咖哩	**チキンカツカレー**
奶油薯餅咖哩	**クリームコロッケカレー**
番茄義大利麵	**トマトソースパスタ**
抓飯	**ピラフ** *飯加上肉、蝦子等，以奶油炒的料理
牛肉燴飯	**ハヤシライス**

01. 請幫我做<u>中辣</u>。

中辛_{ちゅうから} に して ください。

中辛（ちゅうから）に して ください。

前往咖哩專賣店或日式家庭餐廳，都會有咖哩飯這項餐點。一般來說，咖哩的辣度分為不辣、中辣、大辣三種，近來也有不少店家以數字區分辣度，數字愈大代表愈辣。

| 相關表現 | A: カレーの 辛（から）さは どう しますか。
咖哩的辣度要如何？

B: 甘口（あまくち）に して ください。
請幫我做不辣。

辛口（からくち）に して ください。
請幫我做辣的。

02. 請再給我一碗飯。

ご飯（はん） お代（か）わり ください。

要求再給白飯或小菜時，可以說「おかわり」。有些店家會提供白飯吃到飽，菜單上或是店裡會註明「ご飯（はん）おかわり自由（じゆう）」，如果沒有這樣寫，通常代表需要收費。

03. 這需要另外付費嗎？

これ、追加料金（ついかりょうきん） ありますか。

有些店家要索取白飯、味噌湯、小菜等時會需要再另外付費。為了預防萬一，點餐前可以先詢問。

04. 請給我五穀米。

ご飯は 雑穀米で お願いします。
はん　ざっこくまい　　ねが

日本有些餐廳可以自己挑選喜歡的飯，五穀米是「雑穀米」、白米飯
是「白米」、麥飯是「麦ごはん」，可以依據自己的喜好選擇。
　　はくまい　　　　　　　むぎ

05. 請問有兒童用的菜單嗎？

子供用の メニューも ありますか。
こ ども よう

有些孩子吃不慣大人的餐點，要詢問店家有沒有兒童餐時，可以用這
句來表達。

06. 可以外帶嗎？

持ち帰りは できますか。
も　　かえ

有時候會想要在家裡享用餐廳的美食，這時候就可以詢問店家是否可
以外帶。要詢問剩下的食物是否可以外帶時，也可以用這句表達。

09

便利商店

開始吃便利商店！

　　日本稱之為便利商店大國一點也不為過，到日本旅行，你會訝異日本的便利商店密度之高。建築間充斥便利商店的景象，在日本早已見怪不怪。根據2019年的統計，日本全國的便利商店多達55,620間，便利商店與日本人的生活已密切結合。

　　便利商店的日語是「**コンビニ**」，為「**コンビニエンスストア**」的縮寫。日本代表的三大便利商店有「**セブンイレブン**（7-11）」、「**ファミリーマート**（全家）」、「**ローソン**（羅森）」。此外，也有「**ミニストップ**（Ministop）」、「**ナチュラルローソン**（天然羅森）」等特定地區專屬的便利商店。

　　便利商店最受矚目的莫屬食物。便當、沙拉、小菜、麵包、甜點的價廉味美的美食眾多，且也有季節限定商品，前往探查有沒有出新的食物，也是便利商店的一大樂趣和魅力。日本的便利商店不只有販售食品和商品，也有提供ATM、影印機掃描、列印、沖洗照片、預購票卷、寄送物品等服務。如果晚上身體不舒服，也可以前往便利商店找找看消化藥、頭痛藥、感冒藥等。

02 當地人推薦

便利商店人氣料理
Best 5

01 熟成辣明太子飯糰

<ruby>手<rt>て</rt></ruby><ruby>卷<rt>まき</rt></ruby>おにぎり <ruby>熟<rt>じゅく</rt></ruby><ruby>成<rt>せい</rt></ruby><ruby>仕<rt>じ</rt></ruby><ruby>立<rt>た</rt></ruby>て<ruby>辛<rt>から</rt></ruby><ruby>子<rt>し</rt></ruby><ruby>明太子<rt>めんたいし</rt></ruby>

　　7-11眾多的「**おにぎり（飯糰）**」之中的一種，非常受日本人喜愛。白飯加上熟的明太子，能感受明太子的香氣和稍帶辣味的口感。

02 照燒雞蛋三明治

テリヤキチキンとたまごのサンド

　　近來，全家也十分注重三明治，有許多女性喜愛的健康三明治。其中，照燒雞蛋三明治加了滿滿的照燒醬，搭配清淡的蛋，讓人愛不釋手。

03 溫泉蛋烏龍冷麵

<ruby>冷<rt>ひ</rt></ruby>しぶっかけ<ruby>温<rt>おん</rt></ruby>たまうどん

　　7-11的冷麵系列非常具代表性。雖為便利商店食品，但麵條相當Q彈有勁，簡直讓人不可置信。清涼的冷湯搭配半熟溫泉蛋，吃起來美味極了。

04 全家炸雞

ファミチキ

　　全家的「**ファミチキ**」在日本
的便利商店銷售極佳，也非常有
名，是在台灣的全家裡找不到的美
味。雖然其他便利商店的炸雞也很
美味，但全家炸雞仍穩居第一，入
口的瞬間肉汁綻放，非常受到歡
迎。近來，為了顧及要瘦身的民
眾，推出了「**ファミチキヘルシー
（全家健康炸雞）**」，
推薦給喜歡清淡雞胸肉
的朋友。

05 奶油培根義大利麵

カルボナーラ

　　到了午餐時間，辦公室附近的
便利商店，奶油培根義大利麵總
是銷售一空，相當受歡迎，尤其女
性十分喜愛。濃厚的奶油醬搭配麵
條，在加上厚培根和青花
菜，提升完整度，甚至
有人評價比餐廳的義大
利麵還要美味。

便利商店甜點
Best 5

⓪1 生奶油蛋糕捲

もち<ruby>食感<rt>しょくかん</rt></ruby>ロール

　　日本便利商店中甜點最受歡迎的是「ローソン（羅森）」。近來7-11和全家都在推動甜點，但羅森的糕點仍立於不敗之地。其中最具代表性的就是生奶油蛋糕捲，還會推出季節限定的草莓口味、綠茶口味、黑糖口味、檸檬口味等。

⓪2 生布丁

とろ<ruby>生<rt>なま</rt></ruby>カスタードプリン

　　多年前，7-11推出的「プリン（布丁）」，至今仍是人氣產品。這個布丁真的入口即化，且價格實惠。如果喜歡布丁，務必品嘗看看。

⓪3 紅豆奶油銅鑼燒

たっぷりあんこ＆クリーム<ruby>生<rt>なま</rt></ruby>どら<ruby>焼<rt>や</rt></ruby>き

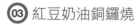

　　日本的媒體會定時公開便利商店的人氣商品排名，雖然名次會有所變動，但7-11的紅豆奶油銅鑼燒總是名列前茅。這款銅鑼燒麵包帶口感，內餡香而不會太甜。

04 舒芙蕾布丁

スフレプリン

　　舒芙蕾又稱蛋奶酥，這是全家最有自信的甜點之一，這款甜點如同其名由舒芙蕾加上布丁，上方是舒芙蕾，下方是布丁，中間加有醬料，口感十分柔順。

05 水果餡蜜

フルーツあんみつ

　　「あんみつ（餡蜜）」是日本的傳統點心，材料包括紅豆，寒天、年糕等，再在其上淋上黑糖蜜食用。水果餡蜜則是再在其上加上水果的版本。尤其7-11的水果餡蜜最受歡迎。

03 跟著看菜單

1. 便當

法式焗菜	グラタン
那不勒斯義大利麵	ナポリタン
日式炸雞便當	唐揚げ弁当 <small>から あ　べんとう</small>
鱈魚卵義大利麵	たらこパスタ ＊類似明太子義大利麵，但不會辣
焗飯	ドリア
豬排便當	とんかつ弁当 <small>べんとう</small>
豬肉片沙拉	豚しゃぶのサラダ <small>ぶた</small>
豬排蓋飯	ロースカツ丼 <small>どん</small>
千層麵	ラザーニャ
麻婆豆腐蓋飯	麻婆豆腐丼 <small>マーボーどう ふ どん</small>
明太子義大利麵	明太子パスタ <small>めんたい こ</small>

奶油醬油義大利麵	バター醤油パスタ
飯糰配小菜套餐	おにぎりおかずセット
牛肉蓋飯	牛すき丼
日式肉燥蓋飯	そぼろご飯 ＊將雞肉、雞蛋、鮭魚等壓碎， 再放到飯上的便當。
幕之內便當	おかず幕の内弁当 ＊加入魚、雞蛋卷和香腸等各種小菜的便當。
豆皮壽司	お稲荷さん
中式蓋飯	中華丼
中華冷麵	冷やし中華
蒸雞肉沙拉	蒸し鶏のサラダ ＊加入燙或蒸雞肉的沙拉。
培根蛋麵	カルボナーラ
大蒜橄欖油 義大利麵	ペペロンチーノ

| 漢堡排便當 | ハンバーグ弁当 | |

2. 御飯糰

御飯糰	おにぎり	
鰹魚乾	おかか	
昆布	こんぶ	
雞肉牛蒡飯	とり五目	
圓飯糰	おむすび	
梅干	梅干し	
辣炒芥菜	ピリ辛高菜炒め	
明太子	明太子	
鮭魚	鮭｜さけ	
豆皮壽司	いなり寿司	

| 鮪魚美乃滋 | ツナマヨ |
| 鮪魚蔥壽司捲 | ねぎとろ巻き
*加入碎鮪魚和蔥的日式飯捲 |

3. 泡麵

泡麵	カップ麺
雞湯拉麵	鳥そばラーメン
豚骨拉麵	豚骨ラーメン
辣味噌拉麵	辛味噌ラーメン
海帶拉麵	わかめラーメン
魚翅湯拉麵	フカヒレスープラーメン
醬油拉麵	醬油ラーメン
炒麵	焼きそば

橫濱家系拉麵	横浜家系ラーメン *豚骨醬油拉麵
中式蕎麥麵	中華そば
雞汁拉麵	チキンラーメン
擔擔麵	担々麺

4. 關東煮

關東煮	おでん
雞蛋	たまご｜卵
蒟蒻	こんにゃく
昆布卷	昆布巻き
豆腐甜不辣	がんも *以碎豆腐和各種蔬菜混合去炸的關東煮
白蘿蔔	大根

關東煮包香腸	ウィンナー巻き
高麗菜肉卷	ロールキャベツ
油豆腐包年糕	餅入り巾着
薩摩炸魚餅	さつま揚

*加入魚、肉、蔬菜攪拌去炸的關東煮，近似台灣的甜不辣

5. 甜點和點心

洋芋片	ポテトチップス
日式蛋捲	卵焼き

*微波加熱就可食用的速食品

蕨餅	わらび餅

*以蕨菜澱粉製成的日本傳統糕點

點心	お菓子
口香糖	ガム
冷凍水果	冷凍フルーツ

甜醬油團子串	みたらし団子	
銅鑼燒	どら焼き	
蛋糕捲	ロールケーキ	
喉糖	のど飴	
糖果	飴	
三明治	サンドイッチ	
奶油蛋糕	ショートケーキ	
奶油泡芙	シュークリーム	
冰淇淋	アイスクリーム	
餡蜜	あんみつ ＊主要以紅豆和黑糖製作的日式點心。	
下酒菜	おつまみ	
閃電泡芙	エクレア	

果凍	グミ	
粥	おかゆ	
杏仁豆腐	杏仁豆腐 あんにんどうふ ＊中式點心	
滷蛋	味付けたまご あじ つ	
大福	大福 だいふく	
巧克力	チョコレート	
紅豆糕	おはぎ	
布丁	プリン	

6. 飲料和酒類

飲料	飲み物 の もの	
綠茶	緑茶 りょくちゃ	

熱水	お^ゆ湯
抹茶拿鐵	^{まっちゃ}抹茶ラテ
水	^{みず}水
奶茶	ミルクティー
麥茶	^{むぎちゃ}麦茶｜^{ちゃ}むぎ茶
優酪乳	ヨーグルト
烏龍茶	^{ウーロンちゃ}烏龍茶
茉莉花茶	ジャスミン^{ちゃ}茶
薑汁汽水	ジンジャーエール
蔬菜汁	^{やさい}野菜ジュース
咖啡拿鐵	カフェラテ
咖啡	コーヒー

可樂	コーラ	
碳酸水	<ruby>炭酸水<rt>たんさんすい</rt></ruby>	
酒類	お<ruby>酒<rt>さけ</rt></ruby>	
水果酒	サワー	
梅酒	<ruby>梅酒<rt>うめしゅ</rt></ruby>	
瓶裝啤酒	<ruby>瓶<rt>びん</rt></ruby>ビール	
高球雞尾酒	ハイボール	
日本燒酒	<ruby>焼酎<rt>しょうちゅう</rt></ruby>	
罐裝啤酒	<ruby>缶<rt>かん</rt></ruby>ビール	
碳酸燒酒	チューハイ	

7. 生活用品

感冒藥	風邪薬（かぜ ぐすり）
乾電池	バッテリー
免洗筷	割り箸（わ ばし）
漫畫	漫画（まん が）
棉花棒	綿棒（めんぼう）
濕紙巾	ウェットティッシュ
塑膠袋	ビニール袋（ぶくろ）
吸管	ストロー
生理用品	生理用品（せい り ようひん）
胃藥	消化剤（しょう か ざい）
湯匙	スプーン
郵票	切手（きって）

耳機	イヤホン
雜誌	雑誌
書籍	本
牙膏	歯磨き粉
牙刷	歯ブラシ
手機充電器	携帯充電器
攜帶用紙巾	ポケットティッシュ

01. 請幫我加熱。

温^{あたた}めて ください。

在便利商店購買冷食，可以這樣要求店員幫忙加熱。

|相關表現| A: 温^{あたた}めますか。　要幫您加熱嗎？
　　　　　 B: はい。お願^{ねが}いします。　好，麻煩您。
　　　　　　 いいえ。大丈夫^{だいじょうぶ}です。　不，不用。

02. （指展示照片）這個在哪裡？

これは どこに ありますか。

如果有要找的東西，可以給店員看照片，並且詢問。

|相關表現| これは ないですか。　沒有這個嗎？

03. 可以一起放嗎？

一緒^{いっしょ}に お入^いれしても よろしいですか。

日本的便利商店一般會將冷、熱食品分開包裝，不過有時候也會詢問客人是否可以一起裝，不妨先記住這句表達。回答的方式很簡單，是就說「はい」，不是就說「いいえ」。

04. 用PASMO（Suica）結帳。

PASMO（Suica）で お願いします。

日本便利商店可以使用日本的交通加值卡PASMO、Suica付費。如果旅行的最後一天有餘額，也可以到便利商店消費。另外，收銀檯旁邊有交通卡的按鈕，告知店員後，出現畫面即可靠卡感應。

05. 請給我筷子和湯匙各<u>兩個</u>。

割り箸と スプーンを <u>二つずつ</u> ください。

如果想要到其他地方享用便利商店食物，可以用這句表達索取筷子和湯匙。另外，「三つずつ（各三個）」、「四つずつ（各四個）」也可以一起記起來。「割り箸（竹筷）」也可以稱為「お箸」。

10

速食

美食天國日本有許多速食店，除了漢堡連鎖店外，三明治專賣店、外送披薩店等，種類相當多元。除了知名的麥當勞、儂特利、漢堡王、FRESHNESS BURGER外，也有誕生於日本的摩斯漢堡和First Kitchen。

根據最近的調查顯示，日本人最愛的速食專賣店是「**マクドナルド（麥當勞）**」，在日本已有超過2,900間分店。日本的麥當勞推出許多日本限定商品，十分受到消費者喜愛，尤其是季節限定的商品連觀光客都會來買。最受日本人喜愛的速食店第2名是「**モスバーガー（摩斯漢堡）**」，第3名是「**ケンタッキー（肯德基KFC**」，第4名是「**ロッテリア（儂特利）**」，第5名是「**サブウェイ（Subway）**」，第6名是「**フレッシュネスバーガー（FRESHNESS BURGER）**」，第7名是「**ファーストキッチン（First Kitchen）**」，第8名是「**バーガーキング（漢堡王）**」，第9名是日本最早的漢堡連鎖店「**ドムドムハンバーガー（Dom Dom漢堡）**」，第10名是總店位於夏威夷的高級漢堡店「**クアアイナ（KUA`AINA）**」。

此外，日本也有許多甜甜圈專賣店，如「**ミスタードーナツ（Mister Donut）**」、也有總店位於美國的墨西哥速食店「**タコベル（Taco Bell Japan）**」等。日本的Mister Donut早上7點就開始營業，可以用實惠的價格享用早晨限定套餐的甜甜圈配咖啡，甚至還有提供麵類等輕食。

日本高人氣
漢堡店 Hot 7

01 THE GREAT BURGER
（明治神宮前）

02 J.S. BURGERS CAFE
（新宿）

THE GREAT BURGER (明治神宮前)

　　年輕人聚集的明治神宮和原宿一帶，有知名的手工漢堡店「THE GREAT BURGER」。這裡的餐點十分多元，除了漢堡外，也有三明治、熱狗、鬆餅等餐點。漢堡的肉以少油的牛肉部位製作，口感十分清爽。這裡的炸薯條也非常知名，可以根據自己的喜好，選擇「**細切り**（細薯條）」和「**厚切り**（粗薯條）」。

J.S. BURGERS CAFE (新宿)

　　這是由日本知名時尚品牌「JOURNAL STANDARD」經營的漢堡專賣店「J.S. BURGERS CAFE」，廣受年輕女性歡迎。雖然是漢堡店，但室內裝飾完全不輸給時髦的咖啡店，且食材也非常符合女性味口。其中最受女性歡迎的是中午的套餐，以新鮮食材搭配自助沙拉吧。除了新宿外，澀谷也有分店。

03 FIRE HOUSE（本郷三丁目）

FIRE HOUSE (本郷三丁目)

　　位於東京大學本郷校區附近的「FIRE HOUSE」，是漢堡愛好者皆知的聖地。店家開設於幾乎沒有手工漢堡的1996年，一直廣受歡迎，現在也有提供外送服務。最受歡迎的是「モッツァレラマッシュルームバーガー（莫札瑞拉奶酪蘑菇漢堡）」，濃郁清爽的風味讓人讚不絕口。加入蘋果的「蘋果漢堡（アップルバーガー）」很受女性喜愛。

⓸ BLACOWS（惠比壽）

BLACOWS（惠比寿）

位於東京中心惠比壽的「BLACOWS」，肉質相當優異。這是由東京知名漢堡排專賣店「ミート矢澤」經營的漢堡店，嚴選日本國內產的黑牛，甚至會讓人覺得用這麼好的肉製作漢堡排有些浪費。另外，這裡非常重視肉質，因此基本上漢堡排不加蔬菜，要加的話需要另外點。

⓹ Craftheads（涉谷）

Craftheads（渋谷）

漢堡和啤酒是絕配，涉谷的「クラフトビール（手工啤酒）」專賣店「Craftheads」的漢堡就備受喜愛。「塩バーガー（鹽漢堡）」有充滿肉汁的培根和炸洋蔥，幾乎不加其他醬料，帶鹹味又相當清淡。和手工啤酒的組合，不僅是啤酒愛好者的最愛，漢堡愛好者也值得一嚐。

⓺ The 3rd Burger（表參道）

The 3rd Burger（表参道）

這間漢堡專賣店標榜麵包、肉等食材都不加防腐劑和添加物，除此之外，漢堡套餐也只要1,000日圓左右，價格非常合理。尤其，漢堡內使用的生菜，由農場嚴選直送，能夠放心給孩子吃。這裡的漢堡以鹽和胡椒為基底，味道簡單又不刺激，如果希望健康吃漢堡，非常推薦這裡。另外，這裡也有女性喜愛的奶昔等飲料。

⓻ CRUZ BURGERS（四谷）

CRUZ BURGERS（四谷）

四谷距離西宿很近，但卻是觀光客相對陌生的地方，儘管這裡沒有觀光景點，但有一間漢堡店「CRUZ BURGERS」非常有特色，值得特地前往品嘗。推薦餐點是「ゴルゴンゾーラセロリバーガー（醃芹菜夾佐諾拉起司漢堡）」，香濃的拱佐諾拉起司搭配醃芹菜和店家自製的醬料，吃起來絕對是全新風味。此外，「チリビーンズとチェダーチーズのバーガー（辣豆起司漢堡）」也是熱門餐點。

03 跟著看菜單

1. 漢堡、三明治、熱狗

漢堡	ハンバーガー
蒜頭胡椒漢堡	ガーリックペッパーバーガー
烤蘑菇漢堡	グリルマッシュルームバーガー
照燒漢堡	テリヤキバーガー
照燒雞漢堡	テリヤキチキンバーガー
炸蝦排漢堡	えびフィレオバーガー
酪梨漢堡	アボカドバーガー
蔬菜漢堡	ベジタブルバーガー
烤鮭魚漢堡	サーモングリルバーガー
起司漢堡	チーズバーガー
雙倍起司漢堡	ダブルチーズバーガー
起司蛋漢堡	エッグチーズバーガー

培根起司漢堡	ベーコンチーズバーガー	
香雞漢堡	チキンフィレオバーガー	
香魚漢堡	フィッシュバーガー	
三明治	サンドイッチ	
培根、生菜、番茄 / B.L.T	ベーコン・レタス・トマト / B.L.T	
照燒雞	テリチキン	
烤牛肉	ローストビーフ	
烤火雞	ローストターキー	
培根起司	ベーコン・チーズ	
鮪魚酪梨	ツナ・アボカド	
燻肉	パストラミ	
熱狗	ホットドッグ	

莎莎熱狗	サルサドッグ
辣椒熱狗	スパイシーチリドッグ
起司熱狗	チーズドッグ
墨西哥捲餅	ブリトー
玉米餅	タコス

2. 配餐

炸薯條	フライドポテト / ポテトフライ
玉米片	ナチョス
甜點	スイーツ / デザート
甜甜圈	ドーナツ
三角草莓派	三角いちごパイ

三角巧克力派	三角チョコパイ <ruby>三角<rt>さんかく</rt></ruby>チョコパイ	
奶昔	シェイク	
草莓奶昔	ストロベリーシェイク	
香草奶昔	バニラシェイク	
巧克力奶昔	チョコシェイク	
冰淇淋	ソフトクリーム	
蘋果派	アップルパイ	
去骨炸雞	骨なしチキン <ruby>骨<rt>ほね</rt></ruby>なしチキン	
沙拉	サイドサラダ	
甜玉米	スイートコーン	
蔬菜湯	ベジタブルスープ	
洋蔥圈	オニオンフライ / オニオンリング	

雞塊	**チキンナゲット**	
玉米濃湯	**コーンスープ**	
蛤蜊濃湯	**クラムチャウダー** *以蛤蜊或魚肉、洋蔥、馬鈴薯、培根等 　熬煮的濃湯	
番茄濃湯	**トマトのミネストローネ**	
炸蝦球	**ポップコーンシュリンプ**	
炸魚配薯條	**フィッシュ・アンド・ チップス**	
炸雞	**フライドチキン**	

3. 飲料

檸檬水	**レモネード**	
蘋果汁	**リンゴジュース**	
雪碧	**スプライト / サイダー**	

冰茶	アイスティー	
橘子汁	オレンジジュース	
烏龍茶	<ruby>烏龍茶<rt>ウーロンちゃ</rt></ruby>	
牛奶	ミルク	
咖啡拿鐵 （熱、冰）	カフェラテ （ホット・アイス）	
咖啡（熱、冰）	コーヒー （ホット・アイス）	
可樂	コーラ	
零卡可樂	コカ・コーラゼロ	
熱巧克力 ／可可亞	ホットショコラ/ココア	
哈密瓜芬達	ファンタメロン	
葡萄芬達	ファンタグレープ	

01. 我要單點漢堡。

ハンバーガー 単品で お願いします。

到速食店時，很常會詢問是要單點還是套餐，記住「単品（單點）」和「セット（套餐）」的日語，對點餐很有幫助。

02. 可以給番茄醬和芥末嗎？

ケチャップと マスタード、もらえますか。

到日本的速食店點炸薯條、雞塊等餐點時，並不會提供番茄醬等醬料。如果想要醬料，可以用這句話和店員表達。不過有些店家並不提供芥末。

03. 可以幫忙將漢堡對半切嗎？

ハンバーガーを 半分に 切って もらえますか。

如果覺得漢堡太大，想要切開食用時，可以向店員要求。有些店家的店員會直接幫忙切，也有的會提供「ナイフ（刀子）」。

04. 可以再給點<u>濕紙巾</u>嗎？

<u>おしぼり</u>を もっと もらえますか。

吃完漢堡或薯條，可能需要擦手，要索取濕紙巾時可以用這句表達。
濕紙巾也可以説「**ウェットティッシュ**」。

05. 可樂請去冰。

コーラは 氷無しで お願いします。

速食店的汽水通常會加很多冰塊，想要去冰時，可以這麼説。「去
除～」可以説「**～無し**」或「**～抜き**」，也就是講「**氷無し**」或「**氷
抜き**」。

|相關表現| コーラは 氷少すくなめに お願いします。
　　　　　　可樂請少冰。

PART 3

想要購物，
至少要知道
這些！

跟著學購物日語

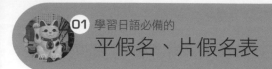
平假名、片假名表

01. 平假名

	あ段	い段	う段	え段	お段
あ行	あ a	い i	う u	え e	お o
か行	か ka	き ki	く ku	け ke	こ ko
さ行	さ sa	し shi	す su	せ se	そ so
た行	た ta	ち chi	つ tsu	て te	と to
な行	な na	に ni	ぬ nu	ね ne	の no
は行	は ha	ひ hi	ふ hu	へ he	ほ ho
ま行	ま ma	み mi	む mu	め me	も mo
や行	や ya		ゆ yu		よ yo
ら行	ら ra	り ri	る ru	れ re	ろ ro
わ行	わ wa				を wo
	ん n				

02. 片假名

	ア段	イ段	ウ段	エ段	オ段
ア行	ア a	イ i	ウ u	エ e	オ o
カ行	カ ka	キ ki	ク ku	ケ ke	コ ko
サ行	サ sa	シ shi	ス su	セ se	ソ so
タ行	タ ta	チ chi	ツ tsu	テ te	ト to
ナ行	ナ na	ニ ni	ヌ nu	ネ ne	ノ no
ハ行	ハ ha	ヒ hi	フ hu	ヘ he	ホ ho
マ行	マ ma	ミ mi	ム mu	メ me	モ mo
ヤ行	ヤ ya		ユ yu		ヨ yo
ラ行	ラ ra	リ ri	ル ru	レ re	ロ ro
ワ行	ワ wa				ヲ wo
	ン n				

01. 基數

❶ 個位、十位數

1	いち	10	じゅう
2	に	20	にじゅう
3	さん	30	さんじゅう
4	し／よん	40	よんじゅう
5	ご	50	ごじゅう
6	ろく	60	ろくじゅう
7	なな／しち	70	ななじゅう
8	はち	80	はちじゅう
9	きゅう／く	90	きゅうじゅう

4、7、9幾個數字都有複數不同的讀法。「4（し）」、「7（しち）」兩個都有從「し」開始的念法，因此為了清楚區分這兩個數字，4通常會念「よん」、7則念「なな」。9的發音和日語的「苦」一樣，但為了方便辨識會改念「きゅ」。0通常念「ゼロ」或「れい」，而外來語的「ゼロ」較常見。

❷ 百位數

100	ひゃく	600	ろっぴゃく
200	にひゃく	700	ななひゃく
300	さんびゃく	800	はっぴゃく
400	よんひゃく	900	きゅうひゃく
500	ごひゃく		

300、600、800有連音，發音會有變化，要多注意。

例）358　さんびゃくごじゅうはち

　　836　はっぴゃくさんじゅうろく

❸ 千位數

1,000	せん	6,000	ろくせん
2,000	にせん	7,000	ななせん
3,000	さんぜん	8,000	はっせん
4,000	よんせん	9,000	きゅうせん
5,000	ごせん		

請注意3,000的發音。

❹ 萬位數以上

10,000	まん／いちまん
100,000	じゅうまん

中文的10,000有些時候可以只讀「萬」，但日語前方一定要加「1」，念作「いちまん」。

02. 序數

一個	ひとつ	六個	むっつ
二個	ふたつ	七個	ななつ
三個	みっつ	八個	やっつ
四個	よっつ	九個	ここのつ
五個	いつつ	十個	とお

03. 貨幣讀法

基數 + 円（えん）

例）320円　　さんびゃくにじゅうえん
　　6,800円　ろくせんはっぴゃくえん

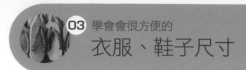

衣服、鞋子尺寸

01. 衣服

日本的衣服尺寸和台灣一樣使用XS、S、M、L、XL等，但男性的衣服基本上會比台灣的小一號。此外日本的衣服還會有另一種以數字標記的方式，詳見以下表格。

男生衣服		女生衣服	
台灣	日本	台灣	日本
XS	S/36	S	S/7
S	M/38	M	M/9
M	L/40	L	L/11
L	XL/42	XL	XL/13

02. 鞋子

台灣		日本
男	女	
×	66	22 にじゅうに センチ
×	67	22.5 にじゅうにてんご センチ
×	68	23 にじゅうさん センチ
×	69	23.5 にじゅうさんてんご センチ
×	70	24 にじゅうよん センチ
73	71	24.5 にじゅうよんてんご センチ
74	72	25 にじゅうご センチ
75	73	25.5 にじゅうごてんご センチ
76	74	26 にじゅうろく センチ
77	75	26.5 にじゅうろくてんご センチ

※センチ：公分

04 外面學不到的
退稅的方法

在日本購物時，需要負擔10%的消費稅。赴日本旅遊的外國人，只要達到特定條件，就能退回消費稅。很多商店都有標示「Tax-free」，購物時可以多留意。

申請對象	非居住於日本的外國人（滯留時間未滿六個月）、海外居住兩年以上，暫時歸國的日本人
免稅對象	一般物品（衣服、電器產品等使用後不會消失的物品） 消耗物品（化妝品、醫藥用品等使用後會消失的物品）
金額基準	一般物品（5,400日圓以上） 消耗物品（5,400～540,000日圓） ※以包含稅金的金額為準 ※以個別賣場的結帳金額為主，部費店家會提供加總全賣場金額（百貨公司、outlet、商店街等）。 ※基本上一般物品和消耗物品無法合併計算，但也有部分商店提供合計退稅。
退還金額	結帳金額的10% ※部分地方會索取退稅手續費。
準備物品	護照、收據、購買物品、信用卡（與護照相同名字）
退還方式	一開始就以消費稅外的金額支付，或在付含消費稅的金額後，再到櫃台退還現金。歸國時向海關出示貼有「免稅物品購買表（Tax-Free Purchase Record Slip）」的護照，即完成所有手續。 ※結帳時可以下句告知自己想要退稅。 　タックスフリーお願ねがいします。（我要退稅。） ※以刷卡、現金付費，都可以獲得退稅。
注意事項	※退稅後的消耗物品，會以塑膠袋裝，離開日本前不能拆封，若拆封就要付稅。若有要立刻用、立刻吃的物品，可以要求店員另外包裝。

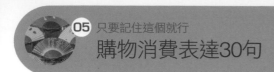

01 可以試穿看看嗎？
試着しても いいですか。

日語「穿」的表達方式有很多種，上半身衣服和下半身衣服所使用的動詞也不同，因此若不熟悉日語，可以統一使用「試着（試穿）」這個單字。「時尚物品」單元會介紹更多不同的表達方式。

| 類似表現 | 試着は 可能ですか。　可以試穿嗎？

02 可以穿穿看其他的嗎？
他の ものを 着てみても 大丈夫ですか。

有時候在購物時，會遇到想試穿各種衣服的情況。穿了一件後，想試穿其他時，可以使用這個表達。

03 試衣間在哪裡？
試着室は どこですか。

試衣間的日語是「試着室」或「フィッティングルーム」。

| 類似表現 | フィッティングルームは どこですか。　試衣間在哪裡？

04　我的尺寸是S。

私の サイズは Sです。

わたし　　　　　　　　　エス

　　雖然各品牌的尺寸標法不同，但基本上日本會分為「ＸＳ、Ｓ、Ｍ、Ｌ、ＸＬ」。雖都是英文字母，但日文的發音較為不同，若用英文發音，對方有可能聽不懂，要多注意。

05　好像有點小，有更大的嗎？

少し きついですが、もう少し 大きい サイズ ありますか。

すこ　　　　　　　　　すこ　おお

　　試穿衣服或鞋子，可能會遇到尺寸太小的情況，即便是常穿的尺寸，日本的版型也可能較小，因此建議試穿看看。如果想試大一號的尺寸，可以使用這句表達。

| 類似表現 | もっと 小さい サイズは ありませんか。
　　　　　有更小的嗎？

06　可以用用看嗎？

使ってみても いいですか。

つか

　　文具或美妝用品也能試用，一般來說，店家都會準備樣品，提供客人自行使用，但到百貨公司或高級賣場，就能使用這句表達。

07 （看著照片）我想找這個…。

これを 探^{さが}していますが……。

想買書上或網路上介紹的產品時，不妨拿著照片説自己在找該東西。手指照片並説上面這句表達，店員就會指引你該物品的位置，如果店裡沒有該項產品，店員會説「ございません（沒有）」。

08 這個可以在台灣用嗎？

これは 台湾^{たいわん}でも 使^{つか}えますか。

有需要購買台灣沒有的產品時，可以使用這句表達。日本電氣的電壓通常是100V，和台灣的110V相差不多，可以直接在台灣插電使用。有的產品只要轉換插頭就能更換電壓100～240V，有需要的話購買前建議先確認。

｜類似表現｜ これの 電圧^{でんあつ}は どうですか。　這個電壓是多少？

09 請給我看這個。

これを 見^みせて ください。

想要看在陳列櫃中的物品時，可以手指物品，並説這句表達你的需求。

10 還有什麼顏色？
ほかの 色は 何が ありますか。

挑選衣服、鞋子等時尚單品時，可以用這句表達詢問還有沒有其他顏色。有的地方沒有全部的顏色，而是各賣場陳列不同顏色，可以這麼詢問確認。

11 推薦商品是什麼？
おすすめは 何ですか。

吃東西或購物時，如果好奇人氣商品或推薦商品是什麼，可以用這句表達詢問。苦惱要挑選哪一樣商品時，也可以這麼詢問。

12 這個要怎麼用？
これは どうやって 使うんですか。

如果不清楚商品的使用方式，最好現場詢問清楚。有些說明書只有寫日語，不妨向店員直接詢問。

13 這個產品缺貨嗎？
この 商品<ruby>しょうひん</ruby>は 売<ruby>う</ruby>り 切<ruby>き</ruby>れですか。

人氣商品很有可能缺貨，缺貨的日語是「売切<ruby>うりき</ruby>れ」，另外，也可以使用「sold out」的日語標音「ソールドアウト」。

14 多少錢呢？
おいくらですか。

很多商品並不會寫出價格，尤其是市場的物品。這句比「いくらですか」更正式、體面一些。

15 這個價格含稅嗎？
この 値段<ruby>ねだん</ruby>は 税込<ruby>ぜいこみ</ruby>ですか。

稅金另外加嗎？
税別<ruby>ぜいべつ</ruby>ですか。

日本和我們稍有不同的是，很多產品寫的是未加稅的價錢。結帳時，實際價格常比寫出來的高，可能會讓人嚇一跳。價格標示上會寫「税込<ruby>ぜいこみ</ruby>（含稅）」、「税別<ruby>ぜいべつ</ruby>（未稅）」，務必確認。目前日本的消費稅為 10%。

16

這個有新的嗎？

これの 新しい もの、ありますか。

　　詢問除了陳列出來的以外，還有沒有新品時，可以使用這句表達。如果還有，大可購買新品。

| 類似表現 | 在庫の 確認を しますので 少々 お待ち
ください。　我確認一下庫存，請稍等。

17

我想一下。

ちょっと 考えて見ます。

　　有時候會直接購買物品，有時候會需要再想一下，這種情況可以使用這句表達。

| 類似表現 | ちょっと 考えてから 来ます。　我想一下再來。

18

我要這個。

これに します。

　　向店員表達要購買物品時，可以使用這句表達。考慮兩三個物品後做出決定時，也可以這麼說。

19 可以算便宜一點嗎？
少し 安くは できませんか。

　　在日本購物通常不能講價，若向店員殺價，店員可能會很驚慌。不過，東京的唯一二手市場「アメ横（阿美横）」可以講價，希望對方算便宜一點時，可以使用這句表達。

20 我要付現金。
現金に します。

　　日本有些地方無法使用信用卡交易，當然，百貨公司或大型購物中心一定可以使用，但小店家通常無法使用。遇到不能刷卡，或是卡片刷不過時，可以使用這句表達。另外，比起購物賣場，餐飲店更常遇到不能刷卡的情況。

21 錢好像算錯了。
お会計が ちょっと 間違ってると 思いますが。

　　購物遇到狀況時，說日語更實際。找錯錢或算錯錢時，都可以使用這個表達。

| 類似表現 | お釣りを もらってないですが……。　還沒找我錢…。

22　信用卡可以嗎？
クレジットカードも 大丈夫（だいじょうぶ）ですか。

這個表達用來詢問是否能以信用卡付款，「クレジットカード」省略為「カード」也無妨。

23　一次付。
一括払（いっかつばら）いです。

如果希望以信用卡一次付清，可以使用這個表達。有時候，店員會先詢問是否要結清，如果希望分期付款，可以直接説希望分幾個月。

| 類似表現 |　一括（いっかつ）払（ばら）いで よろしいでしょうか。　一次付可以嗎？
　　　　　　3回（さんかいばらい）で お願（ねが）いします。　請幫我分三個月。

24　請給我收據。
領収書（りょうしゅうしょ） ください。

日語的「領収書（りょうしゅうしょ）」表示公司或機構的證明用收據。在店家説這句，會拿到有店員簽名、店家印章的紙張。出差需要資料證明時，就可以這麼説。另外，購買物品時收到的一般收據稱為「レシート」。

25

我有集點卡。

ポイントカード あります。

日本的集點卡十分多樣，各類型店家，甚至便利商店，都有集點卡。若經常前往日本，辦一兩張集點卡也無妨。

| 類似表現 | ポイントカード 作っくりたいです。　我想辦集點卡。

26

有紙袋嗎？

紙袋かみぶくろ ありますか。

如果買的東西多，就會需要「紙袋かみぶくろ（紙袋）」或「ビニール袋ふくろ（塑膠袋）」。部分店家會同時提供紙袋和塑膠袋，很多店家則只有提供紙袋，可以講這句來詢問。

27

可以給我大一點的紙袋嗎？

紙袋かみぶくろを もう少すこし 大おおきめに して もらえますか。

如果已經提了各式各樣的袋子，一起放到更大的購物袋就會更方便。此時，就可以使用這句表達詢問，有時候店員也會主動詢問。

| 類似表現 | 全部ぜんぶ まとめて 入いれましょうか。
要幫您全部放一起嗎？

28

這個是送禮用的。

これは プレゼント用です。
（よう）

　日本以精美包裝出名，要求包裝成禮物時可以這麼說，這是最簡單的表達。

| 類似表現 |　包裝して もらえますか。　可以幫忙包裝嗎？
（ほうそう）
　　　　　　　　自宅用です。　這是自家用的。
（じたくよう）

29

我想要退稅。

タックスフリー したいですが……。

　在日本只要在同一地點當日購買5,000日圓以上的商品，連消耗品都可以免稅。另外，要退稅的話，需要護照、發票、和護照相同姓名的信用卡。只要和店家說要退稅，對家就會給退稅收據，出境時即可退稅。以現金、信用卡付款，都可以退還現金。詳細內容請參考第185頁的「退稅的方法」。

30

我想把這個退貨。

これ 返品したいのですが……。
（へん）（ぴん）

　購買物品後改變心意，或是尺寸不合想要退貨時，可以使用這句表達。退貨時務必攜帶收據前往。

PART 4

盡情買吧！
購物清單
全解析

跟著學購物日語

01

食品

01 開始買食品！

說到日本購物，一般人對食品最感興趣。餅乾、巧克力、果凍、泡麵、咖哩、茶、調味料等，有很多不能錯過的商品。

而說到在日本買食品類，最先想到的就是「**ドン・キホーテ**（唐吉軻德）」。東京澀谷、大阪新世界都有的「**MEGA ドン・キホーテ**（MEGA唐吉軻德）」最大，商品也最為豐富，這裡有很多外國人喜愛的產品，購物十分方便。

如果沒有時間前往大型的購物中心，可以到「**スーパーマーケット**（超市）」或「**コンビニ**（便利商店）」採購。尤其超市還可以買到許多當地的食品，有不同的樂趣。此外，大部分百貨公司樓下也都有超市。

02 當地人推薦

不可錯過的
美食購物 Hot 10

01 VC-3000 喉糖

VC-3000のど飴
_{あめ}

　這是日本的國民級喉糖，知名的廣告曲「なめたら あかん（不能小看）」相當洗腦，曾帶起流行、大大提升銷售。一包90g，含有維他命C 共3000mg，據稱等同檸檬150粒的含量，味美又健康。最近也推出青葡萄、葡萄柚口味。

02 KitKat 抹茶口味

KitKat 抹茶味
_{まっちゃあじ}

　這是訪日外國遊客必買的餅乾，相信大家都不陌生。購物中心、免稅店、便利商店等都能買到，近來還推出以京都抹茶製作的「宇治抹茶（宇治抹茶）」和抹茶味濃厚的「濃い抹茶（濃抹茶）」，種類越來越多元。除了抹茶外，也有草莓起司蛋糕、北海道紅豆羊羹、甜馬鈴薯等限定版口味。

⑬ 梅乾片

梅シート
うめ

日本人非常喜歡梅子，「**梅干し（酸梅）**」是日常生活中經常當作零嘴或餐後點心享用的食品。將酸梅曬乾後製作的「**干し梅（梅乾）**」也很受歡迎，乾燥後再切成四方形的梅乾片「**梅シート**」也經常可見。又酸又甜的風味可以促進消化，在大熱天還能防止中暑。

⑭ 柚子胡椒醬 條裝

柚子胡椒 チューブタイプ
ゆ ず こ しょう

這是非常推薦的產品。很多日本人吃牛排或涮涮鍋時，會以「柚子胡椒」代替鹽來調味。加一些在肉或蔬菜上，或搭配湯一起喝，風味一絕。在家料理時，也加一點柚子胡椒，方便提味。

⑮ 生山葵醬 / 生蒜醬 / 生薑醬

生わさび / 生にんにく / 生しょうが
せい せい せい

喜歡料理的人，應該對調味料很有興趣。日本到處都有生山葵醬、生薑醬、生蒜醬，每種都很推薦。價格平實、體積又小，非常受觀光客喜愛。

⑯ 明太子義大利麵調味粉 / 鱈魚卵義大利麵調味粉

明太子パスタソース / たらこパスタソース
めんたい こ

在日本，很多人在製作明太子義大利麵或鱈魚義大利麵時，會使用這類的粉狀調味料。將麵燙過後，加一點調味粉再炒過，或直接攪拌即可。「**たらこ**」就是日本到處可以吃到的鱈魚魚卵，和「**明太子**」其實是同一個東西，但是明太子會加上辣椒，怕辣的人可以以名字來分辨。

07 麻婆豆腐調理包

麻婆豆腐レトルト
マーボーどうふ

　　將日本稱作加工食品天國一點也不為過。其中，「**麻婆豆腐**」調理包的種類十分多元，如果喜歡麻婆豆腐，一定要試試看。料理方法很簡單，加一點豆腐炒過，或直接加熱即可。麻婆豆腐產品中，以「**丸美屋**」品牌最為知名，分成「**甘口**（微甜）」、「**中辛**（小辣）」、「**辛口**（辣味）」三種口味，可以依喜好自行挑選。

08 拌飯香鬆

ふりかけ

　　「**ふりかけ**」是撒在飯上面的調味粉，很多人只要加「**ふりかけ**」在白飯上就能解決一餐。市面上販售的「**ふりかけ**」超過 100 種，其中，加海苔和雞蛋的「**のり玉**」、加梅子和炒蔬菜的「**梅赤しそ**」、加蔥和味噌的「**ねぎ味噌**」等最受歡迎。另外，在飯上加「**ふりかけ**」後再倒入熱的綠茶，就是「**お茶漬け**（茶泡飯）」。

09 日清泡麵

NISSIN CUP NOODLE

　　日本拉麵中，觀光客特別喜愛的就是「**カップヌードル**」，多年來佔據銷量第一的位置。除了原味外，「**カレー**（咖哩）」、「**シーフード**（海鮮）」也都很受歡迎。最近也推出了「**チリトマト**（辣番茄）」、「**北海道ミルクシーフード**（北海道牛奶海鮮）」、「**しお**（鹽）」等口味。

10 烤帆立貝

燒帆立貝
やきほたてがい

　　「**燒帆立貝**」是指將一種稱為帆立貝的貝類烤過後風乾的產品，帶甜味又有嚼勁，風味絕佳。烤帆立貝和魷魚絲、章魚乾同為日本最常見的下酒菜，通常一個一個包裝，吃起來很方便。另外，烤帆立貝也可以當作其他料理的食材。

2_01_1.mp3

調味料	調味料 ちょう み りょう
醬油	醬油 しょう ゆ
味噌	味噌 み そ
胡椒鹽	塩コショウ しお
七味粉	七味 しち み ＊以辣椒粉、芝麻、芥末、陳皮等七種材料製作的香辛料
醋	お酢 す
日式醬油	タレ ＊沾肉吃的甜醬油
芝麻油	ごま油 あぶら
胡椒	コショウ
鰹節	かつお節 ぶし
水果乾	ドライフルーツ
堅果類	ナッツ
綜合堅果	ミックスナッツ

咖哩塊	カレールー	
點心	お菓子（かし）	
Bisco奶油夾心餅乾	ビスコ	
Alfort巧克力夾心餅乾	アルフォート	
Jagariko薯條餅乾	じゃがりこ	
起司米餅	チーズおかき	
柿子種	柿（かき）の種（たね）	
大豆粉餅	きなこ餅（もち）	
薯片	ポテトチップス	
烤帆立貝	焼（やき）帆（ほ）立（たて）貝（がい）	
納豆手卷	手（て）巻（まき）納豆（なっとう） *以海苔捲納豆製成的日式點心	
口香糖	ガム	
甘栗	甘栗（あまぐり）	

醬料	ドレッシング
濾掛咖啡	ドリップコーヒー
調理包食品	レトルト食品
麻婆豆腐	麻婆豆腐
中式蓋飯	中華丼
咖哩	カレー
白醬燉牛肉	クリームシチュー
拿坡里醬	ナポリタンソース
義大利麵牛肉醬	パスタミートソース
義大利麵番茄肉醬	パスタボロネーゼソース
義大利麵番茄奶油醬	パスタトマトクリームソース
魷魚乾	スルメイカ
梅乾片	梅シート

*將梅子乾燥後切成四方形的片，
　是很受歡迎的加工食品

糖果	飴（あめ）
草莓牛奶	イチゴミルク
喉糖	のど飴（あめ）
生薑	しょうが
蜂蜜檸檬	はちみつレモン
黑砂糖	黒砂糖（くろざとう）
生薑茶	生姜湯（しょうがゆ）
魷魚絲	さきいか
軟魷魚絲	ソフトさきいか
煙燻魷魚絲	燻製（くんせい）さきいか
肉乾	ビーフジャーキー
速食泡麵	インスタントラーメン
杯裝泡麵	カップラーメン

即溶咖啡（粉末）	インスタントコーヒー(粉末)
條裝即溶粉	粉末スティック
即溶抹茶歐蕾	スティック抹茶オレ
即溶咖啡歐蕾	スティックカフェオレ
即溶卡布奇諾	スティックカプチーノ
即溶可可亞	スティックココア
煎餅	せんべい
醬油煎餅	醬油せんべい
蝦煎餅	えびせんべい
牛蒡煎餅	ごぼうせんべい
果凍	グミ
蒟蒻果凍	コンニャクゼリー
海帶莖	茎わかめ *小餓或減肥時日本人常吃的點心

日式醬油	**つゆ** *加水稀釋後的醬油，常用來做烏龍麵或蕎麥麵的湯汁	
巧克力	**チョコレート**	
花林糖	**かりんとう** *表面沾滿黑砂糖的日本傳統甜點	
罐頭	**缶詰め**	
茶包	**ティーバッグ茶**	
紅茶茶包	**ティーバッグ紅茶**	
義大利麵醬 （粉狀）	**パスタソース** **（粉末タイプ）**	
鱈魚卵義大利麵醬	**たらこパスタソース** *不辣，特別受小孩喜歡	
明太子義大利麵醬	**明太子パスタソース**	
培根蛋麵	**カルボナーラ**	
番茄醬	**トマトソース**	
拌飯香鬆	**ふりかけ** *以海苔、芝麻、鰹魚、鹽等的粉末製成，淋在白飯上吃	

01. 下酒菜區在哪裡？

おつまみ コーナーは どこですか。

許多超市裡面除了下酒菜區外，還有「お酒コーナー（酒區）」、
「お菓子コーナー（點心區）」。記住這些日語，在大型超市找不到
東西時，可以直接詢問店員。

02. 這個擺多久也能吃？

これは いつまでに 食べれば 大丈夫ですか。

買年糕、麵包等食品時，最好要確認有效期限。一般會寫在外面，如
果沒有寫，不妨詢問一下。

03. 這裡哪樣是推薦商品？

この 中で おすすめは 何ですか。

日語的推薦商品是「おすすめ」，雖然也有其他講法，但一般詢問推
薦的品項時，講「おすすめ」即可。

04. 這個請幫我另外放。

これは 別で 入れて ください。

買東西時，有時候會一起採購要在當地吃的，和要帶回國的，如果希
望將要現吃的另外裝，可以這麼表達。

02

化妝品、美容用品

開始買化妝品、美容用品！

　　日本的化妝品和美容用品一直很發達，在台灣的藥妝店普遍也都能找到日本的化妝品，不過還是有很多化妝品只能在日本購買。

　　在日本要買化妝品或美容用品，最先想到的一般是「**ドラッグストア**（藥妝店）」。藥妝店的知名連鎖品牌有「**マツモトキヨシ**（松本清）」、「**サンドラッグ**（尚都樂客）」等。

　　藥妝店以外的選擇包括之前也有提過的「**ドン・キホーテ**（唐吉軻德）」，其價格較低，且開店到比較晚，很受遊客歡迎。另外還有「**ロフト**（Loft）」、「**東急ハンズ**（東急手創館）」也很推薦，雖然它們一般被認為是文具用品或雜貨店，不過也有賣很多的化妝品和美容用品，除了名牌也有不少小品牌的商品，如果有時間，不妨慢慢逛。

日本熱銷化妝品、美容小物 Hot 10

01 OPERA 唇膏

OPERA リップティント

　　這幾年間，「OPERA」的唇膏深受日本女性喜愛。是一種以護唇膏、唇彩和油混合的產品，既閃亮又帶光澤。如果喜歡較自然的妝彩，或是想給人清純印象的話很推薦使用這一家的唇膏。價格平實，一條約1,500日圓（稅金另計）。

02 毛穴撫子 米精華保濕面膜

毛穴撫子お米のマスク
（け あなななでしこ　こめ）

　　是日本最知名的化妝品網站「@cosme」的「2018年最佳產品」面膜類第一名的產品，自推出後就人氣居高不下。以100% 日本國產米萃取製作，對乾燥性皮膚和毛孔問題很有幫助。除了面膜（10片650日圓，稅金另計）以外，這家品牌還有化妝水、乳液等商品，可以參考。

03 FLOWFUSHI MOTE MASCARA 彩虹睫毛膏

FLOWFUSHI モテマスカラ

　　日本化妝品中，最為推薦的就是睫毛膏。其中，「FLOWFUSHI」的睫毛膏有九種，刷毛部分各不相同，可以根據自己的喜好挑選，近來十分受日本女性喜愛。藥妝店一般可以試用，不妨去試試看。

04 excel 眼影

excel アイシャドー

　　日本化妝品品牌「excel」以彩妝知名。其中最推薦的是眼影，多年來都很熱銷，價格合理，且顯色度也很好。受到重視眼妝的日本女性青睞，品質自然不在話下。「4色眼影組合」包括咖啡色、粉紅色系四種顏色，相當受歡迎，價格為1,620日圓（含稅）。

05 HEAVY ROTATION 染眉膏

ヘビーローテーションカラーリングアイブロウ

　　「カラーリングアイブロウ（染眉膏）」可以想成一種睫毛膏，刷上去數小時後還是可以輕鬆卸掉，很多女性非常愛用。顏色總共有八種，可以根據髮色挑選，價格是800日圓（稅金另計）。

06 CANMAKE 棉花糖蜜粉餅

CANMAKE マシュマロフィニッシュパウダー

　　「CANMAKE」是廣受歡迎的品牌，在一般美妝店都能見到。腮紅和眼影最為知名，粉餅也很推薦。價格平實，約940日圓（稅金另計）。

07 DUO麗優 五效合一卸妝膏

D.U.O ザクレンジングバーム

　　日本最知名的化妝品網站「@cosme」連續七年推薦的卸妝產品，不只能用來洗臉，也可以用來按摩。塗在臉上會有融化的感覺，此時可以輕輕按摩。卸妝產品最重要的就是清潔力，這款產品濃妝也能輕鬆卸掉。價格是3,888日圓（含稅）。

08 PRODUCT 髮蠟

PRODUCT ヘアワックス

　　這是在日本擁有超高人氣的「PRODUCT」的髮蠟。雖然是髮蠟，但手、腳、全身都能塗抹。塗在頭髮上，既有光澤，又帶香味。產品以自然成分製作，可以放心使用。價格是2,178日圓（含稅）。

09 CLAYGE 洗髮乳 / 潤髮乳

CLAYGE シャンプー / トリートメント

　　CLAYGE是較新的品牌，最近很受日本人歡迎。這個產品在家裡也能享受美髮SPA，用後感非常清爽。分有注重滑順感的「Ｓ」、和注重濕潤感的「Ｄ」兩種，價格都是1,400日圓（稅金另計）。

10 Saborino 早晨專用面膜

Saborino 朝用マスク

　　Saborino的早晨專用面膜至今已販售三億片以上，相當受歡迎。早上洗臉之前敷個60秒，之後再化妝即可。因為便宜且便利，非常受大眾喜愛。在台灣有些地方也能買到，不過日本種類較齊全，也有只能在日本買到的限定版。推薦高保濕的水果系列，有草莓、奇異果和其他各式各樣的類型。價格是1,430日圓（32入，含稅）。

🎧 2_02_1.mp3

捲髮器	ヘアアイロン
挖耳棒	耳^{みみ}かき
指甲油	ネイルオイル
除臭噴霧	デオスプレー / 消臭^{しょうしゅう}スプレー
護唇膏	リップバーム
口紅	リップスティック
唇彩	リップティント
按摩棒	マッサージローラー
睫毛膏	マスカラ
水洗款	お湯落^{ゆ お}ちタイプ
防水款	ウォータープルーフタイプ
面膜	シートマスク・パック

美甲	マニキュア
身體噴霧	ボディーミスト
身體磨砂膏	ボディースクラブ
身體乳液	ボディークリーム
腮紅	チーク
肥皂	石鹸（せっけん）
刷子	ブラシ
衛生棉	生理用ナプキン（せいりよう）
洗髮精	シャンプー
睫毛夾	ビューラー
指甲剪	爪切り（つめき）
雙眼皮貼	二重まぶたシール（ふたえ）
眼罩	アイマスク

眼線	アイライナー	
眼線液	リキッドアイライナー	
眼線筆	ペンシルタイプアイライナー	
眉毛	アイブロウ	
眼影	アイシャドー	
染髪剤	ヘアカラー	
補色染髪剤	ヘアカラーリタッチ	
白髪専用染髪剤	ヘアカラー白髪<ruby>染<rt>し ら が ぞ</rt></ruby>め	
假睫毛	付<ruby><rt>つ</rt></ruby>けまつげ	
入浴剤	入浴剤<ruby><rt>にゅうよくざい</rt></ruby>	
防曬乳	日焼<ruby><rt>ひ や</rt></ruby>け止<ruby><rt>ど</rt></ruby>めクリーム	
彩色放大片	カラコン	
卸妝用品	クレンジング	

卸妝油	クレンジングオイル
卸妝膠	クレンジングジェル
卸妝乳液	クレンジングクリーム
髮膜	トリートメント
粉餅	パウダー
粉底液	ファンデーション
液態粉底液	リキッドファンデーション
氣墊粉餅	クッションファンデーション
護手霜	ハンドクリーム
香水	こうすい 香水
頭髮噴霧	ヘアスプレー
髮蠟	ヘアワックス
髮膠	ヘアジェル

01. 這個可以抹抹看嗎？

これ 塗^ぬってみても いいですか。

若覺得化妝品要親自試用過，才能確定是想要的顏色的話，可以這麼跟店員表達要求試用。

02. 這是人氣商品嗎？

これは 人気商品^{にん き しょうひん}ですか。

如果希望購買日本當地的人氣商品，可以這麼表達。

03. 有對痘痘有效的商品嗎？

ニキビに いい 化粧品^{け しょうひん} ありますか。

如果希望依皮膚狀況挑選化妝品，可以這麼向店員詢問。此外，也可以替換成「しわ（皺紋）」、「しみ（斑點）」、「肌のハリ^{はだ}（皮膚彈力）」等單字。

04. 我是乾性皮膚，有推薦的商品嗎？

私は 乾燥肌^{かん そう はだ}ですが、おすすめ ありますか。

購買化妝品時，最好挑選適合自己膚質的產品。購物之前，務必記住日語的「乾燥肌^{かんそうはだ}（乾性皮膚）」和「オイリー肌^{はだ}（油性皮膚）」。

03

動漫周邊商品

01 開始買動漫周邊商品！

　　日本可稱為動漫王國，有著各種動漫人物的相關商品。這樣的商品又稱為「**グッズ**（周邊商品）」，日本男女老少都非常喜愛。動漫人物的周邊商品非常多，除了孩子喜歡，也有設計給大人的商品。

　　説到動漫周邊商品，最推薦的是東京的「**キャラクターストリート**（動漫人物街）」。在東京的地下街裡很快就會找到動漫周邊商店聚集的地方，超過15間的店家滿滿擺著各式各樣的官方周邊商品，。其中以專門販賣製作「**となりのトトロ**（龍貓）」等知名日本動畫電影的「**スタジオジブリ**（吉卜力工作室）」的周邊商品的店家「**どんぐり共和国**（橡子共和國）」，和凱蒂貓的專賣店「Hello Kitty Shop」最具代表性，也有其他在日本當地很紅的動漫周邊商店。

　　如果要前往東京市區，也可以到位於澀谷的迪士尼商店「Disney Store」、「sanrio vivitix」或原宿的「Kiddy Land」購物，成田、羽田機場內的免稅店也都有動漫周邊商店。

可愛的漫畫角色
Hot 10

---

01 兔丸

うさまる

　　在日本也很流行的通訊軟體
Line中的貼圖系列的角色，人氣僅
次於LINE的官方角色。人氣高到
在東京、大阪等地都有開設過限定
期間的專門商店。東京的「LINE
CREATORS SHOP」
和日本雜貨連鎖店
「Loft」都有許多相關
商品。

---

02 貓咪企鵝日和

ねこぺん日和（ひより）

　　像「うさまる（兔丸）」一
樣，是 Line 貼圖裡的人氣角色，
人物設定是一隻大貓和小企鵝。
一樣在東京的「LINE
CREATORS SHOP」
和日本雜貨連鎖店
「Loft」可以找到許多
相關商品。

03 角落小夥伴

すみっコぐらし

　　據説日本人喜歡角落，因此「角落小夥伴」於2012年誕生。主角沒有個性又多慮，只有待在角落時最輕鬆。如果想要看可愛的「**すみっコぐらし**」，可以前往位於的「**東京駅**（東京車站）」內的專賣店。

04 懶懶熊

リラックマ

　　這是由日本的文具開發公司「**サンエックス（San-X）**」在2003年9月推出的角色，「**リラックマ**」是以休息的英文單字「relax（**リラックス**）」和日語的熊「**くま**」結合而成。日本2003年剛推出時書籍販售超過100萬本，颳起一陣旋風，至今也仍受喜愛。另外在東京也有專賣店，不時會販賣期間限定的商品。

05 嚕嚕米

ムーミン

　　儘管日本有很多本土的動漫角色，但來自北歐芬蘭的「**ムーミン（嚕嚕米）**」依舊大受歡迎。東京的「MEETS PORT購物中心」、「東京晴空塔」、北海道的「CANAL CITY 購物中心」都有開設嚕嚕米主題的咖啡廳。除了東京之外，二子玉川、川崎、名古屋、大阪等日本各地都有開設專賣店，若喜歡嚕嚕米不妨前往逛逛。

06 miffy 米菲兔

miffy

　　「**ミッフィー（米菲兔）**」在日本也非常受歡迎。米菲兔出自1955年的荷蘭圖畫書，至今在全世界都備受喜愛。動漫王國日本也有米菲兔的專賣店「miffy style」，除東京之外，吉祥寺、池袋都有專賣店，原宿「KIDDY LAND」二樓也能購買米菲兔相關商品。

07 龍貓

となりのトトロ

「スタジオジブリ（吉卜力工作室）」製作、宮崎駿導演的動畫「となりのトトロ（龍貓）」在台灣也相當知名，角色深受喜愛。日本販售宮崎駿電影相關商品的「どんぐり共和国（橡子共和國）」，在全國開設了50多間賣場，可以尋找最近的逛一逛。

08 水豚君

カピバラさん

「カピバラさん（水豚君）」如其名是以世界上體型最大的嚙齒類動物「水豚」為基礎的角色，2003年登場於遊樂場的夾娃娃機，此後人氣漸長，開始出現相關周邊產品。這個角色可愛到讓人發出微笑，東京和大阪都有專賣店。「Loft」等連鎖店也都能買到限定版商品。

09 大耳狗喜拿

シナモン

「シナモン（大耳狗喜拿）」是日本公司「サンリオ（三麗鷗）」最具代表性的角色之一，2017年和2018年連續兩年獲得「三麗鷗大賞」，人氣十足。大耳狗喜拿是擁有藍色眼睛的小狗，可以用耳朵在天空中飛翔。因為人氣旺，所以有很多周邊商品。如果想要大耳狗喜拿的產品，可以前往原宿的「KIDDY LAND」或澀谷的「Hello Kitty Shop」、「sanrio vivitix」等。

10 Hello Kitty 凱蒂貓

Hello Kitty

説到日本動漫腳色，絕對不能錯過凱蒂貓。凱蒂貓於1974年誕生，擁有超過40年的歷史，正式名稱是「ハローキティ」，是象徵三麗鷗傳統歷史的角色，數十年來都一直備受喜愛。世界各國都有販賣凱蒂貓的相關產品，但日本也有只能在日本買到的商品，像是穿和服的凱蒂貓，都會是很不錯的紀念品。

鏡子	<ruby>鏡<rt>かがみ</rt></ruby>
交通卡套	ICカードケース
筆記本	ノート
日記	ダイアリー
日曆	カレンダー
便當盒	<ruby>お弁当箱<rt>べんとうばこ</rt></ruby>
紙膠帶	マスキングテープ *印有圖案的紙膠帶
馬克杯	マグカップ
手帳本	メモ<ruby>帳<rt>ちょう</rt></ruby>
名片盒	<ruby>名刺<rt>めいし</rt></ruby>ケース
枕頭	<ruby>枕<rt>まくら</rt></ruby>｜まくら
原子筆	ボールペン

糖果	飴（あめ）
自動鉛筆	シャープ
手帕	ハンカチ
貼紙	ステッカー
時鐘	時計（とけい）
手錶	腕時計（うでどけい）
餐具	食器（しょっき）
圍裙	エプロン
寵物用品	ペット用品（ようひん）
襪子	ソックス
鉛筆	鉛筆（えんぴつ）
鑰匙圈	キーホルダー
明信片	ポストカード

雨衣	レインコート
雨傘	傘（かさ）
娃娃	ぬいぐるみ
小紙袋	ポチ袋（ぶくろ）
手套	手袋（てぶくろ）
存錢筒	貯金箱（ちょきんばこ）
盤子	プレート
巧克力盒	チョコレートボックス
座墊	クッション
餅乾盒	クッキーボックス
資料夾	クリアファイル
毛巾	タオル
環保杯	タンブラー

托特包	トートバッグ
T恤	Tシャツ
化妝包	ポーチ
公仔	フィギュア
護手霜	ハンドクリーム
手機殼	携帯ケース （けいたい）
化妝品	化粧品 （け しょうひん）

01. 懶懶熊的周邊商品在哪裡呢？

リラックマの グッズは どこに ありますか。

如果想買特定的商品，可以將要找的動漫人物套入畫底線部分。

02. 有兒童用的商品嗎？

子供用の グッズも ありますか。

（こ ども よう）

如果要在各種商品中找兒童用品，可以這麼詢問。

03. 這個是送禮用的。

これは プレゼント用です。

（よう）

購買禮物時，可以簡單這麼表達。有些店家會另外收取包裝費。

| 相關表現 | 包っつんで ください。　請幫我包裝起來。

04. 全部就這些嗎？

ここに ある ものだけですか。

部分店家的商品陳列不多，如果要確認還有沒有其他商品，可以這麼詢問。

04

文具

日本的許多文具非常知名，觀光客常常會來買很多具有巧思的文具用品。日本最值得介紹的文具賣場是「ITOYA」，擁有超過百年歷史，位於銀座的本店數年前才剛重新裝修，各層都有不同的主題設計，從高級鋼筆到各國文具都有，要挑選禮物也非常推薦。Loft、「東急ハンズ（東急手創館）」也是購買文具的好地方，在日本全國各地都有賣場，除了各種知名品牌的文具用品外，也有許多小品牌的特色商品，很多當地人都會前往這兩個地方購買文具。

とうきゅう

　　日本也有很多個人營運的文具店，都具有不同的特色，如果對文具特別有興趣，不妨到日本進行「文具之旅」吧。

個性滿點的
小文具店 Hot 8

01 Kakimori（蔵前）

カキモリ (蔵前)

位於東京鬧區藏前的「**カキモリ**」是專為寫字人營運的文具店。賣場可以親自製作的筆記本，也有筆、墨、紙等組合，很多是此店的獨家商品。人氣商品「Order Note」可以訂製，價格自800日圓起跳。

02 ANGERS bureau KITTE（丸之內）

アンジェ ビュロー KITTE (丸の内)

多年前東京站的新購物中心「KITTE」以書架為概念打造文具賣場，或許可以稱之為大人的文具店。文具用品十分簡潔，有各種色彩，也有販售各種類型的書籍，會讓人逛到忘記時間。

03 鳩居堂（銀座）

鳩居堂 (銀座)

這是擁有超過300年歷史的日本傳統文具店，有著高級的和風氛圍。如果對和紙有興趣，不妨前往逛逛。高級的日本筆記本、行事曆，也是不錯的旅行紀念品。

04 Sublo（吉祥寺）

Sublo (吉祥寺)

廣受歡迎的旅遊景點吉祥寺附近，靜靜坐落著一間小而雅致的文具店「Sublo」。這裡有很多沾上香水的復古文具，也有販售包裝紙、印章，如果喜歡設計用品或DIY，非常適合前往參觀。

05 &NOTE（原宿）

&NOTE（原宿）
<ruby>原宿<rt>はらじゅく</rt></ruby>

　　這是2014年開設於原宿的小文具店，專門販售「擁有個人風格的用品」適合。從充滿日本風的傳統文具，到成年男性的黑色區、黃色區等，有各種企劃，當地人和觀光客都十分喜愛。

06 Giovanni（吉祥寺）

Giovanni（吉祥寺）
<ruby>吉祥寺<rt>きちじょうじ</rt></ruby>

　　吉祥寺的「Giovanni」是知名的文具商店，僅販售自國外收集的文具用品，有許多歐洲貴族使用的古董商品。店裡有許多珍貴物品，逛起來就如同博物館般。

07 書齋館（表参道）

書齋館（表参道）
しょさいかん　おもてさんどう

　　「書齋館」是專門販售鋼筆的商店，聚集世界各國的鋼筆，在日本鋼筆愛好者之間相當有名。如果有興趣，很推薦前往一看。店裡具備各國知名品牌，可依自己的預算決定買下價格10,000～100,000日圓左右不等，但都有一定高品質的鋼筆。

08 Scos（本鄉三丁目）

Scos（本鄉三丁目）
ほんごうさんちょうめ

　　東京大學本鄉校區附近，有一間名為「Scos」的文具店，販售來自德國等歐洲諸國的各種文具用品，印象深刻。東京大學學生也經常前往，價格偏便宜，擁有超過15年歷史，備受喜愛。

03 跟著看購物清單

家計簿	<ruby>家計簿<rt>かけいぼ</rt></ruby>
剪刀	ハサミ
筆記	ノート
日記本	ダイアリー
月曆	カレンダー
掛式日曆	<ruby>壁掛<rt>かべか</rt></ruby>けカレンダー
日曆	<ruby>日<rt>ひ</rt></ruby>めくりカレンダー
桌上用日曆	<ruby>卓上<rt>たくじょう</rt></ruby>カレンダー
印章	ハンコ
緞帶	リボン
紙膠帶	マスキングテープ
鋼筆	<ruby>万年筆<rt>まんねんひつ</rt></ruby>

2_04_1.mp3

顔料	絵の具
原子筆	ボールペン
三色原子筆	3色ボールペン
四色原子筆	4色ボールペン
擦擦筆	消えるボールペン
原子筆筆芯	ボールペン替芯
信封	封筒
小信封	ポチ袋
書衣	ブックカバー
簽名筆	サインペン
相框	フォトアルバム
色鉛筆	色鉛筆

色紙	折り紙 おりがみ
自動鉛筆	シャープペンシル
自動鉛筆筆芯	シャープペンシル替芯 かえしん
禮物包	ギフトバッグ
膠台	スコッチテープ
行程表	スケジュール帳 ちょう
月行程表	マンスリースケジュール帳 ちょう
周行程表	ウィークリースケジュール帳 ちょう
日行程表	デイリースケジュール帳 ちょう
素描本	スケッチブック
印章	スタンプ
貼紙	シール/ステッカー
護照夾	パスポートケース

鑰匙圈	キーホルダー
明信片	ポストカード
錢包	財布 さい ふ
零錢包	小銭入れ こ ぜに い
名片錢包	名刺入れ めい し い
短夾	二つ折り財布 ふた お さい ふ
長夾	長財布 なが ざい ふ
橡皮擦	消しゴム け
書籤	しおり
卡片	カード
訊息卡	メッセージカード
美工刀	カッターナイフ
資料夾	クリアファイル

資料板	クリップボード
資料箱	ファイルボックス
信紙組	レターセット
N次貼	ポストイット/付箋<ruby>付<rt>ふ</rt>箋<rt>せん</rt></ruby>
信封袋	ラッピング袋<ruby>袋<rt>ぶくろ</rt></ruby>
包裝飾品	ラッピングアクセサリー
包裝紙	ラッピングペーパー/ 包装紙<ruby>包装紙<rt>ほうそうし</rt></ruby>
膠水	のり
筆盒	ペンケース
螢光筆	蛍光ペン<ruby>蛍光<rt>けいこう</rt></ruby>
釘書機	ステープラー

2_04_2.mp3

01. 這個可以用看看嗎？

これ 使ってみても 大丈夫ですか。

購買文具用品前，最好能夠確認筆的顏色和寫起來的感覺，如果找不到試用品，可以用這句來詢問店員。

02. 有這個的補充包嗎？

これの リフィル用、ありますか。

要購買某些台灣買不到的品牌的原子筆、記事本等時，最好也買齊補充用的筆芯或是內頁，這時就可以用這句向店家詢問。原子筆、自動鉛筆的替換用筆芯稱為「**替芯**」。

| 相關表現 | **これの 替芯 ありますか。**
這個有可以替換的筆芯嗎？

03. 只有這一種嗎？

種類は これだけですか。

要詢問除了陳列商品外的顏色、款式時，可以使用這個表達。

04. （看著照片）這個在哪裡？

これは どこに ありますか。

找不到要買的東西時，可以給店員看手機，並用這個句子詢問。

05

生活雜貨

如果喜歡居家布置，不妨到日本逛逛室內生活用品店。日本除了高級室內用品店外，也有很多店家販售各式各樣的平價小用品。比較大的廠商很多都已經在台灣開設分店，像是無印良品MUJI、Zara Home、「ニトリ（宜得利家居）」、Francfranc等等，不過還是可以去看看有什麼差異。

　　最近在日本，「ニトリ（宜得利家居）」十分受歡迎，幾年前「ニトリ」在郊區才會有店家，近年在熱鬧的市中心也開了店，越來越便利。在東京的新宿、澀谷、中目黑等也都有開店，有興趣的話可以去逛逛看。

　　Francfranc是在台北市士林區也有開設分店的日本生活品牌店，有開設網路賣場，有興趣可以先在線上逛逛。Francfranc的室內設計、生活用品設計走女性風，且價格合理、品質優異，深受日本女性喜愛。

東京的生活雜貨店
Hot 8

---

01 Francfranc（青山）

Francfranc (青山)

　　雖然日本各地都有「Francfranc」，但青山的分店最值得推薦。從表參道站步行十分鐘即可抵達，在2017年9月重新裝修過。店內大面玻璃的好採光令人印象深刻，店內有4,000種以上的室內用品、家具等等，很容易讓人逛到忘記時間。

---

02 Today's Special（自由之丘）

Today's Special (自由が丘)

　　東京的雜貨店之中，這家特別值得推薦。澀谷Hikarie、東京自由之丘等都市中央的購物中心都有店家，不過特別推薦位於自由之丘的本店。以「飲食和生活的DIY」為主題販售生活用品，有許多其他地方找不到的特色商品。「今日特別商品」也相當受歡迎。

---

03 IDÉE（自由之丘）

IDÉE (自由が丘)

　　於1975年以販賣收集來的西洋家具和生活用品起家，現在也會自行設計製作家具和室內用品，深受日本消費者喜愛。雖然價格偏高，但產品精緻，十分耐用。這裡介紹的高級住宅區「自由之丘」之中除了這間店外，還有很多專賣生活雜貨的店。

---

04 我的房間（自由之丘）

私の部屋 (自由が丘)

　　自由之丘有很多充滿特色的室內生活用品店。「私の部屋」是「我的房間」的意思，以具高級感的傳統和風和現代風格的融合為其特色。如果喜歡樸素簡潔的產品，很推薦這裡。

05 SØSTRENE GRENE（表参道）

SØSTRENE GRENE (表参道〔おもてさんどう〕)

　　2016年10月於日本開設的「SØSTRENE GRENE」，有餐具、蠟燭、餐巾、家具等，北歐風格的多彩原色十分搶眼。店內有很多1,000 日圓以下的產品，十分受歡迎。

06 Zara Home（表参道）

Zara Home (表参道〔おもてさんどう〕)

　　世界知名的服飾品牌「Zara」的室內生活雜貨品牌「Zara Home」，在東京的表参道也有分店。「Zara Home」在全世界54個國家有約400間分店，日本最大的分店就在表参道，有超過40,000種商品。

07 Afternoon Tea LIVING （丸之内）

Afternoon Tea LIVING (丸の内〔まるのうち〕)

　　日本具代表性的茶品牌之一的「Afternoon Tea」所營運的生活用品專賣店。有餐具、料理用品及服飾、時尚雜貨等商品，以豐富的設計為其特色。東京的「新丸ビル〔しんまる〕（新丸大廈）」和全國各地都有賣場。

08 The Conran Shop Kitchen （澀谷Hikarie）

The Conran Shop Kitchen (渋谷ヒカリエ〔しぶや〕)

　　位於「澀谷Hikarie」購物中心，是專門給大人的生活用品店，販賣簡單又高級的生活雜貨。店裡以料理相關產品為主，也有料理專家會喜愛的廚房用品。

03 跟著看購物清單

1. 生活用品

家具	<ruby>家具<rt>かぐ</rt></ruby>
床墊	マットレス
沙發	ソファー
收納箱	<ruby>収納<rt>しゅうのう</rt></ruby>ボックス
椅子	<ruby>椅子<rt>いす</rt></ruby>
書桌	<ruby>机<rt>つくえ</rt></ruby>
書櫃	<ruby>本棚<rt>ほんだな</rt></ruby>
床	ベッド
桌子	テーブル
電視架	テレビ<ruby>台<rt>だい</rt></ruby>
鏡子	<ruby>鏡<rt>かがみ</rt></ruby>
全身鏡	<ruby>全身鏡<rt>ぜんしんかがみ</rt></ruby>

桌上鏡	卓上ミラー <small>たくじょう</small>
鞋跋	靴べら <small>くつ</small>
精油瓶	ディフューザー
枕頭	枕｜まくら <small>まくら</small>
枕頭套	枕カバー <small>まくら</small>
壁貼	ウォールステッカー
壁紙	壁紙 <small>かべがみ</small>
拖鞋	スリッパ
時鐘	時計 <small>と けい</small>
掛鐘	掛け時計 <small>か ど けい</small>
鬧鐘	目覚まし時計 <small>め ざ ど けい</small>
電子鐘	電波時計 <small>でん ぱ ど けい</small>

桌上用時鐘	置き時計
寵物用品	ペット用品
相框	フォトフレーム
環保袋	エコバッグ
行李箱	スーツケース
棉被	布団
被套	布団カバー
睡衣	パジャマ
假花	造花
地毯	ラグ / カーペット
蠟燭	キャンドル
窗簾	カーテン
靠枕	クッション

毛巾	タオル
浴巾	バスタオル
擦臉巾	フェースタオル
手巾	ハンドタオル
DIY工具	DIY工具

2. 廚房用品

刨刀	皮むき
量杯	計量カップ
盤子	お皿
刀子	ナイフ
鍋子	鍋
切菜板	まな板

便當盒	お弁当箱 べんとうばこ	
馬克杯	マグカップ	
碗	お椀 わん	
不鏽鋼保溫瓶	ステンレスボトル	
保存容器	保存容器 ほぞんようき	
碗	ボウル	
湯匙	スプーン	
餐具	食器 しょっき	
耐熱餐具	耐熱食器 たいねつしょっき	
兒童餐具	子供用食器 こどもようしょっき	
圍裙	エプロン	
紅酒杯	ワイングラス	
玻璃杯	グラス	

微波用保存容器	レンジで使える保存容器
筷子	箸
筷架	箸置き
調味料容器	調味料入れ
廚房踏墊	キッチンマット
水壺	やかん / ポット
咖啡壺	水出しコーヒーポット
茶壺	ティーポット
手沖壺	ドリップコーヒーポット
刨絲刀	野菜おろし / さらだおろし
刀子	包丁 / ナイフ
杯墊	コースター
計時器	タイマー

廚房用紙巾	**キッチンタオル**
托盤	**トレー**
叉子	**フォーク**
平底鍋	**フライパン**

🎧 2_05_2.mp3

---

01. 請問可以寄到國外嗎？
もし 海外配送は 可能ですか。

如果要購買大型物品，可以詢問是否能直接運送出國。雖然費用相對較高，不過很多地方都能幫忙寄送。

---

02. 請幫忙包裝，避免破裂。
割れないように 包んで ください。

購買玻璃等易碎物品時，一般需要另外包裝。另外，易碎物品建議帶上飛機，不要託運，避免破碎。

---

03. 這是自家用。
自宅用です。

在日本買東西時，一般會詢問是要自己用還是送人。如果不需要包裝，或是要自己使用，可以使用這句表達。

｜相關表現｜ A: ご自宅用ですか。 請問是自家用嗎？
B: いいえ。プレゼント用です。 不，是禮物。

---

04. 不用盒子。
ボックスは 要らないです。

如果購買的物品都要帶回國，最好盡可能減少包裝。包裝盒很佔行李空間，如果不需要，可以向店員説，店員會直接將物品裝到購物袋中。

06

時尚物品

日本除了幾個在海外知名的品牌外，國內也有各種時尚品牌名店，可以購買衣服、包包、鞋子等。當然，在台灣也能購買的到很多日本商品，但因日本市場原本就大，因此也很多台灣沒有的海外品牌，以及只有在日本販售的商品。從小品牌到高級名品、時尚品牌等，範圍廣泛。值得一逛的有 Comme des Garçons、URBAN RESEARCH、Onitsuka Tiger、United Arrows、Supreme 等。

　　其中，Onitsuka Tiger在日本有200多間賣場，專賣高級風商品，深受男女老少喜愛。其商品相對於價格，品質非常優良，因此人氣居高不下。Supreme是東京代表的時尚品牌，在世界相當知名。東京的原宿、澀谷、代官山都有賣場。不過因為原本就相當受歡迎，人氣商品可能很快就賣完。如果覺得一一找各種品牌的店很累人，不妨到大型購物中心或百貨公司逛，有時間的話，也可以將市郊的購物中心排入行程。

享受時尚購物的
購物中心 Hot 10

---

01 SHIBUYA109

SHIBUYA109

　　位於被稱為「日本年輕人文化的中心」的「**澀谷**(しぶや)」，「SHIBUYA109」從底下二樓到地上八樓，各層都有不同的主題，從可愛、性感、運動到都市時尚等，這裡都能找到。特別深受日本10～20歲女性喜愛。

---

02 東京晴空街道（押上）

スカイツリーソラマチ (押上(おしあげ))

　　「**東京**(とうきょう)**スカイツリー**（東京晴空塔）」高度足有634m，為世界最高的電塔。「**スカイツリーソラマチ**」是「**東京**(とうきょう)**スカイツリー**」周圍的購物中心之一，入駐的大多是價格平實又實用的品牌。雖然並不廣為人知，但這裡每年都會有破盤大特價，如果剛好在折扣季前來，可以用便宜的價格購物。

　　「**スカイツリーソラマチ**」的展望台可以俯瞰整個東京，購物和觀光一石二鳥達成。

03 LaLaport（豐洲）

LaLaport（豐洲）
<ruby>豐洲<rt>とよす</rt></ruby>

　　距離東京稍有一段距離的豐洲，有一間東京人無不知曉的購物中心「LaLaport」。這裡有超過200間賣場和電影院，也有兒童遊樂設施、餐廳等，為大型購物中心。有不少時尚品牌入駐，很適合購物，尤其天氣不好或下雨時，可以來購物用餐，慢慢度過時間。

04 DiverCity Tokyo Plaza（御台場）

DiverCity Tokyo Plaza（<ruby>お台場<rt>だいば</rt></ruby>）

　　2012年開業的「DiverCity Tokyo Plaza」是能享受東京夜景的好地方。以購物中心旁的動漫機器人「**ユニコーンガンダム（獨角獸鋼彈）**」的實物大小像知名。這裡除了海外高級品牌外，也有「Zara」、「Uniqlo」、「Bershka」、「H&M」、「American Eagle Outfitters」等知名品牌。此外，也有眼鏡、包包、運動用品、飾品的各種時尚用品可以採買。

05 LUMINE（新宿）

LUMINE（<ruby>新宿<rt>しんじゅく</rt></ruby>）

　　「LUMINE」是跟新宿車站連結在一起的購物中心，到新宿購物絕對不能錯過這裡。「LUMINE 1」、「LUMINE 2」、「LUMINE EST」依序連接新宿站，日本女性都至少來過一次。三棟建築氣氛稍有不同，不過大抵相似，不妨進去看看有沒有喜歡的物品。

06 Sunshine City（池袋）

Sunshine City（池袋）
いけぶくろ

　　如果要顧荷包，推薦拜訪「Sunshine City」。這裡聚集著10～20幾歲年輕人喜歡的品牌，除了購物外，也有餐廳、室內樂園、水族館、天文館和展望台等娛樂設施，是東京年輕人的熱門景點，周末人潮非常眾多。

07 三井奧特萊斯購物城（幕張）

三井アウトレットパーク（幕張）
みつい　　　　　　　　　　まくはり

　　日本知名的連鎖大型購物中心。從東京搭地鐵約30分鐘直達「海浜幕張駅（海濱幕張站）」，
かいひんまくはりえき
出車站後再走2～3分鐘即可抵達。此外，成田機場也有到「海濱幕張」的公車，只要40分鐘就能抵達購物中心。這裡可以以免稅價來購買高級品牌，相當有吸引力。

08 澀谷 Hikarie

渋谷ヒカリエ

　　這裡是專門設計給30～40幾歲女性的購物中心。不同於澀谷的其他購物中心，賣場不多，但都是經嚴選過的品牌。除了海外品牌，也有日本當地的品牌，都是都市女性會喜歡的幹練風格。尤其，居家服飾品牌「gelato pique」、帽子品牌「CA4LA」、英國流行品牌「Margaret Howell」等，特別受女性喜愛。

09 東急廣場（銀座）

東急プラザ(銀座)

　　2016年開張的東京購物中心「東急プラザ（東急廣場）」位於銀座交叉路口。位於高級街道銀座，自然有不少高級品牌和最新時尚，為符合外國遊客胃口，也有不少日本風的商品。尤其適合送禮的日本傳統服飾、帽子、絲巾、手帕等，也都能在這裡購買。另外，表參道也有同樣稱做東急廣場的購物中心。

10 永旺夢樂城（幕張新都心）

イオンモール (幕張新都心)

　　東京附近最大的購物中心就是「イオンモール（永旺夢樂城）」，這個購物中心位於總公司附近，面積達128,000平方公尺，逛一整天也不為過。購物中心內有很多休閒的空間，很多家庭會帶小孩前往。千葉的「海浜幕張駅（海濱幕張站）」到永旺夢樂城之間有公車營運，大約只需要10分鐘左右的車程。

包包	バッグ	
背包	リュック	
肩背包	ショルダーバッグ	
環保袋	エコバッグ	
手拿包	クラッチバッグ	
托特包	トートバッグ	
手提袋	ハンドバッグ	
和服	着物（きもの）	
領帶	ネクタイ	
緊身褲	レギンス	
居家服	ルームウェア	
圍巾	マフラー	

帽子	<ruby>帽<rt>ぼう</rt></ruby><ruby>子<rt>し</rt></ruby>
編織帽	ニット<ruby>帽<rt>ぼう</rt></ruby>
貝蕾帽	ベレー<ruby>帽<rt>ぼう</rt></ruby>
鴨舌帽	キャップ
褲子	パンツ ＊注意這詞更常用來指內褲
牛仔褲	ブルージーンズ / ジーンズ
腰帶	ベルト
上衣	トップス
針織衫	ニット
罩衫	ブラウス
背心	ベスト
開襟衫	カーディガン

T恤	Tシャツ	
PORO衫	ポロシャツ	
太陽眼鏡	サングラス	
內衣	アンダーウェア／下着<ruby>下着<rt>したぎ</rt></ruby>	
胸罩	ブラ	
內褲	ショーツ	
手錶	腕時計	
手帕	ハンカチ	
泳衣	水着	
裙子	スカート	
褲襪	タイツ	
鞋子	靴	
慢跑鞋	ランニングシューズ	

靴子	ブーツ	
涼鞋	サンダル	
輕便鞋	スニーカー	
運動鞋	うんどうぐつ 運動靴	
橡膠靴	レインシューズ	
尖頭鞋	パンプス	
高跟鞋	ハイヒール	
外套	アウター	
皮外套	かわ 革ジャン / レザージャケット	
羽絨外套	ダウン	
夾克	ジャケット	
牛仔外套	デニムジャケット	
大衣	コート	

雙排釦風衣	トレンチコート
眼鏡	メガネ
眼鏡盒	メガネケース
飾品	アクセサリー
耳環	イヤリング
項鍊	ネックレス
戒指	指輪 (ゆび わ)
胸針	ブローチ
手環	ブレスレット
穿耳耳環	ピアス
襪子	靴下 (くつした)
西裝	スーツ
鑰匙圈	キーホルダー

套裝	ワンピース	
浴衣	浴衣 ＊日本夏季傳統服飾	
睡衣	パジャマ	
手套	手袋	
錢包	財布	
零錢包	小銭入れ	
名片皮包	名刺入れ	
護照套	パスポートケース	
卡夾	カードケース	
休閒服	ジャージ	
化妝包	ポーチ	
髮帶	ヘアバンド	
髮夾	ヘアピン	

01. 這個可以試穿嗎？

これ、着^きてみても いいですか。

想要試穿衣服時，可以這麼說。日語的「穿」的動詞是「着^きる」，只能用在上衣、夾克等上半身的衣物，務必注意。

| 相關表現 | これ、履^はいてみても いいですか。
（褲子、裙子等下半身的衣物）這個可以試穿嗎？

これ、被^{かぶ}ってみても いいですか。
（帽子）這個可以試戴嗎？

これ、持^もってみても いいですか。
（包包）這個可以試提嗎？

これ、かけてみても いいですか。
（眼鏡、太陽眼鏡）這個可以試戴嗎？

02. 這是男性用的嗎？

これ、メンズ用^{よう}ですか。

在百貨公司或時裝店購物，會需要確認是男性區還是女性區。記住「メンズ用^{よう}（男性用）」、「レディース用^{よう}（女性用）」、「ユニセックス（男女共用）」、「キッズ用^{よう}（兒童用）」等單字，會非常有用。

| 相關表現 | もし レディース用^{よう}も ありますか。
請問這個有女性用的嗎？

03. 除了這裡，哪裡還有店鋪？

ほかに 店舗^{てんぽ}は どこに ありますか。

要確認是否有其他賣場時，可以這麼詢問。若沒有要找的物品，可以詢問一下哪裡還有賣場，再前往尋找。

04. 其他店也沒有庫存嗎？可以幫忙確認嗎？

ほかの 店舗でも 在庫が ないですかね。
<small>てん ぽ</small> <small>ざい こ</small>

確認して もらえませんか。
<small>かく にん</small>

購物時，總是會遇到有東西自己想買，卻沒有自己要的尺寸這種情況。這時可以詢問其他賣場有沒有貨，雖然有部分賣場無法幫你確認，不過大部分都是可以的。

05. 不需要箱子。

箱は いりません。
<small>はこ</small>

購買包包或鞋子時，一般都會附盒子。不過若要減少行李，可以主動告知不需要。

06. 不需要包裝。

包装は いりません。
<small>ほう そう</small>

如果不需要包裝，可以這麼表達。包裝的日語也可以說成「ラッピング」。

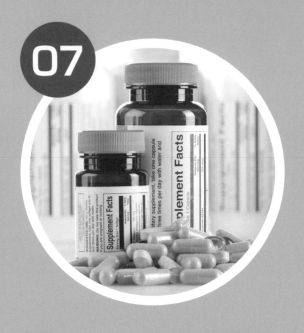

07

藥品、健康食品

開始買藥品、健康食品！

　　到日本購物不可或缺的，就是藥品和健康食品了。有不少藥品有進口，效果和人氣都獲得了驗證，也有不少人購買日本常備藥，當作禮物贈送。

　　藥品和健康食品一般能在藥局或藥妝店購買，「**マツモトキヨシ**（松本清）」、「**ダイコク**（大國藥妝店）」、「**サンドラッグ**（Sun Drug）」等都很有名。

　　如果不懂日語，可以將網路上的圖片給店員看，或是學一句簡單的句子，請店員幫忙推薦，也許會買到意料之外的好東西。

藥品、健康食品購物
Hot 10

---

01 沙隆巴斯

サロンパス

　　台灣也很常見的沙隆巴斯，在日本也是國民級的貼藥。對於肩膀痠痛、肌肉痛、肌肉疲勞、關節痛等症狀都很有效果。另外，「**サロンパスAe**」的效果更加顯著，是一般沙隆巴斯的1.6倍。

---

02 命之母

命の母
<small>いのち　はは</small>

　　「**命の母**（命之母）」是更年期女性使用的營養劑，針對賀爾蒙不均衡、自律神經疾病，以藥和維他命綜合製成，在日本長期備受喜愛。對於更年期症狀、血液循環不佳、生理不順、生理痛、肩膀痠痛、發冷、貧血、痘痘、生產前後下腹痛、血壓異常、頭痛等症狀效果顯著。

03 Asahi EBIOS錠

Asahi EBIOS錠（じょう）

　　這是日本的國民「胃藥（いぐすり）（腸胃藥）」，和另一家腸胃藥「キャベジン（欣克潰精錠）」一樣都是每家必備的藥品。「キャベジン」是以高麗菜的精華和天然藥材製成的腸胃藥，而「EBIOS」則是啤酒公司「Asahi」以啤酒酵母製作而成。消化不良時可以服用，保護腸胃。日本很多人家中都有常備這幾種胃藥。

04 白金製藥 Purple Shot Plus

白金製藥（しろがねせいやく）パープルショットプラス

　　喉嚨痛、發炎，或是有異物感不舒服時，可以使用這款噴霧，幫助消毒喉嚨深處。喉嚨性感冒時也可以使用。其他製藥公司也有此類產品，可以自行挑選購買。

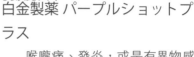

05 ROHTO Lycée Rich Premium 眼藥水

ROHTO Lycée Rich Premium 目藥（めぐすり）

　　藥妝店最好買的東西之一，就是「目藥（めぐすり）（眼藥水）」。日本的眼藥水種類非常多元，也有很多可以戴著隱形眼鏡使用。「ROHTO Lycée Rich Premium」是最近推出的產品，含有大量優良成分。除了眼睛疲勞、充血時，長時間工作的人也能拿來保護眼睛，因此深受歡迎。價格比一般眼藥水稍貴一些，約1,500日圓左右。

06 meiji SAVAS 乳清蛋白粉

meiji SAVAS プロテイン

　　日本知名的蛋白質補充劑之一就是「SAVAS」，「SAVAS乳清蛋白粉」以100％純牛乳製作，並配成可可亞口味。牛奶的蛋白質有助於身體吸收，而且比其他品牌還美味。最近在日本便利商店和超市也以飲料的形式販售，相當受喜愛。

07 津村葛根湯

ツムラの葛根湯（かっこんとう）

　　在日本，很多人有感冒初期症狀時會喝「**葛根湯（葛根湯）**」，可以將它想成一種漢方飲料。如果有輕微頭痛、發燒、發冷時，喝起來非常有效，症狀很快就會好轉。一盒內會有3包或6包葛根湯的粉末。如果經常感冒，可以買來當常備藥。

08 百保能感冒顆粒

パブロン

　　日本人的國民感冒藥「**パブロン（百保能感冒顆粒）**」已經廣受台灣人所知，尤其升級版的「**パブロンゴールドA（百寶能感冒顆粒黃金A）**」成分更好。另外，這款藥有粉狀和藥丸狀兩種，購買前要先確認。

09 大正口內炎貼片A

口内炎（こうないえん）パッチ大正（たいしょう）A

　　很多人都有受營養不足或身體疲勞時產生的「**口內炎（口腔潰瘍）**」所苦的經驗，而專門用來對付這種發炎的「**口內炎パッチ大正A**」自然在日本非常知名。因為是貼用，所以方便又有效。另外也有軟膏，可以自由選擇。

10 解酒保肝丸 HEPALYSE GX

ヘパリーゼGX

　　這款解酒藥是能夠活化新陳代謝的含維他命藥物，對恢復疲勞和解酒最很有效，有滋養強壯的效果。另外，想要避免宿醉時也可以在喝酒前先吃。

🎧 2_07_1.mp3

感冒補品	**かぜ補助薬**(ほじょやく)
	*感冒時喝的營養補品
漱口水	**うがい薬**(ぐすり)
	*清洗消毒嘴巴和喉嚨的藥水
喉嚨噴劑	**のどスプレー**
	*喉嚨發炎時噴的藥
喉糖	**トローチ**
	*以藥和糖混合製作的藥丸,可像糖果一樣食用
退熱貼	**熱(ねつ)シート**
感冒藥	**かぜ薬**(ぐすり)
痰	**たん**
咳嗽	**せき**
喉嚨型感冒	**のど風邪**(かぜ)
發燒	**発熱**(はつねつ)
兒童用	**小児用**(しょうによう)
鼻水	**鼻水**(はなみず)

漢方藥	<ruby>漢方<rt>かんぽう</rt></ruby>
口內炎藥膏	<ruby>口内炎軟膏<rt>こうないえんなんこう</rt></ruby>
口內炎貼片	<ruby>口内炎<rt>こうないえん</rt></ruby>パッチ
肌肉痠痛藥	<ruby>筋肉痛薬<rt>きんにくつうやく</rt></ruby>
熱感外用藥	プラスター<ruby>温感<rt>おんかん</rt></ruby>
冷感外用藥	プラスター<ruby>冷感<rt>れいかん</rt></ruby>
噴霧	スプレー
肌肉痠痛藥膏	クリーム
熱感貼片	シップ<ruby>温感<rt>おんかん</rt></ruby>
冷感貼片	シップ<ruby>冷感<rt>れいかん</rt></ruby>
頭痛藥	<ruby>頭痛薬<rt>ずつうやく</rt></ruby>
OK蹦	<ruby>絆創膏<rt>ばんそうこう</rt></ruby>/バンド
便祕藥	<ruby>便秘薬<rt>べんぴやく</rt></ruby>

鼻炎藥	鼻炎薬 （びえんやく）	
常備藥	常備薬 （じょうびやく）	
腹瀉藥	下剤 （げざい）	
消化劑	消化剤 （しょうかざい）	
解醉藥	二日酔い用の薬 （ふつかよようくすり）	
洗眼液	アイボン	
眼藥水	目薬 （めぐすり）	
乾眼症	ドライアイ	
殺菌	殺菌 （さっきん）	
兒童用	小児用 （しょうによう）	
充血	充血 （じゅうけつ）	
隱形眼鏡用	コンタクト用 （よう） ＊戴隱形眼鏡時也可以使用的眼藥水	
眼睛疲勞	疲れ目 （つかめ）	

軟膏	軟膏（なんこう）	
腸胃藥	胃腸薬（いちょうやく）	
皮膚炎	皮膚炎（ひふえん）	
止癢	かゆみ止（ど）め	
蟲咬	虫刺（むしさ）され	
青春痘	ニキビ	
醫用唇膏	医薬品（いやくひん）リップクリーム	
漢方藥	漢方薬（かんぽうやく）	
解熱鎮痛劑	解熱鎮痛剤（げねつちんつうざい）	
健康食品	健康食品（けんこうしょくひん）	
健康補品	健康補助食品（けんこうほじょしょくひん）	
健康茶	健康茶（けんこうちゃ）	
減肥	ダイエット	

蛋白質補充劑	プロテイン	
膠原蛋白	コラーゲン	
營養品	栄養剤（えいようざい）	
維他命A	ビタミンA	
維他命B1	ビタミンB1	
維他命B2B6	ビタミンB2B6	
維他命C	ビタミンC	
維他命E	ビタミンE	
維他命EC	ビタミンEC	
綜合維他命	総合（そうごう）ビタミン剤（ざい）	
補鈣劑	カルシウム剤（ざい）	

01. 推薦哪種感冒藥？

風邪薬 で おすすめは 何ですか。
かぜ ぐすり なん

到賣場可以直接請店員推薦。畫線部分也可以替換成腸胃藥、維他命等等藥品。

｜相關表現｜ おすすめの 胃腸薬 ありますか。
いちょうやく
有推薦的腸胃藥嗎？

02. 我有點感冒。

風邪気味です。
かぜ ぎ み

旅行時，難免會遇到感冒症狀。除了可以直接要求「**風邪薬**（感冒
かぜぐすり
藥）」，也可以說明自己的症狀。日本有感冒初期專用的藥，效果很好。

03. 我頭痛。

頭が 痛いです。
あたま いた

雖然可以直接使用「**頭痛薬**（頭痛藥）」這個單字，不過也可以用這
ずつうやく
句表達。「**お腹**（肚子）」、「**のど**（喉嚨）」等單字可以替換進畫
なか
線部分。

04. 胃在抽痛，有藥嗎？

胃が シクシクするんですけど、薬 ありますか。
い くすり

旅行時遇到胃痛或胃痙攣時，可以這麼表達。旅遊時可能因為疲勞或
吃壞肚子而不舒服，記住這句會很有用。

05. 請給我藥粉。

粉薬<small>こなぐすり</small>で お願<small>ねが</small>いします。

如果沒辦法吃藥丸，可以要求藥粉。藥水是「**液体薬**<small>えきたいやく</small>」，或稱作「**飲**<small>の</small>**むタイプ**」。

| 相關表現 | カプセルタイプの 薬<small>くすり</small>で お願<small>ねが</small>いします。
　　　　　　請給我膠囊。

06. 一天要吃幾次？

一日<small>いちにち</small> 何回<small>なんかい</small> 飲<small>の</small>めば いいですか。

買藥時，最好確認一天要吃幾次、一次要吃幾顆。日文裡藥不是用「**食**<small>た</small>**べる（吃）**」，而是用「**飲**<small>の</small>**む（喝）**」，和台灣習慣的講法不一樣，務必記住。

| 相關表現 | 一回<small>いっかい</small>で 何粒<small>なんつぶ</small> 飲<small>の</small>めば いいですか。
　　　　　　一次要吃幾粒？

07. 營養品在哪裡？

栄養剤<small>えいようざい</small>は どこに ありますか。

日本有各式各樣的營養品，如果要買來當伴手禮，可以到藥局這麼詢問。除了營養品外，畫線的部分也可以替換成其他藥品來詢問。

08

拌手禮

01 開始買拌手禮！

日本人有旅遊後贈送給親友當地紀念品當作拌手禮的習慣，這種拌手禮稱為「**お土産**（みやげ）」。因為日本拌手禮文化深厚，因此各地都有不少平價的拌手禮專門店。

除了前面介紹的化妝品、食品、藥品等實用性物品外，應該也有不少人喜歡看起來和風的產品。淺草的「**新仲見世商店街**（しんなかみ せ しょうてんがい）（新仲見世商店街）」有各種和風十足的拌手禮，很值得一逛。

最近有很多專為國外遊客打造的購物中心，像是東京銀座的「GINZA SIX」、日本橋的「**coredo室町**（むろまち）（coredo室町）」、淺草的「**まるごとにっぽん**（Marugoto Nippon）」等都很推薦。除了外國觀光客外，也有不少日本當地人前往購物，那裏有不少帶日本風又具現代感的小物。

伴手禮購物
Hot 9

01 Sparing日本酒

スパークリング日本酒

　　最近在日本很受歡迎，一般說到日本酒，會讓人想到加過熱的暖酒，但清涼的日本酒也很值得推薦。這款量不多，很容易喝，也深受女性愛。

02 猪口杯

おちょこ

　　在日本點日本酒，會用日本獨特的酒器「とっくり（利瓶）」和「おちょこ（猪口杯）」送上來。前往拌手禮店，也會看到這類各式各樣的可愛小杯子和小瓶子。如果朋友或家人喜歡酒，也可以買下來當伴手禮。日本Loft、「東急ハンズ（東急手創館）」都有販售。

03 木芥子

こけし

　　日本傳統的人偶「こけし人形（木芥子）」也是代表性的紀念品。如果說俄羅斯的代表人偶是俄羅斯娃娃，那日本的代表人偶就是木芥子。每一個人偶的臉部表情、大小都稍有不同，很多日本人在收藏。如果有在收集世界各國的人偶，很推薦購買。

04 富士山周邊商品

富士山グッズ

　　隨著日本的第一高山富士山被指定為世界文化遺產，很多周邊商品也一起推出。富士山是日本的象徵，拌手禮也有高人氣。很多觀光客會購買富士山主題的馬克杯、保溫杯、鑰匙圈、手帕、T恤、環保袋等商品，人氣十足。

05 明治神宮的身心健康御守

明治神宮の心身健全守
（めいじじんぐう　しんしんけんぜんまもり）

「**明治神宮**（明治神宮）」為
日本最知名的神社之一，有很多種
類的「**お守り**（御守）」。其中，
「**明治神宮の心身健全守り**」保護
身體和心靈健康，擁有悠久的
歷史傳統，也有高人氣。
如果旅行時前往明治神
宮，不妨買給家人朋友，
或是幫自己買一個。

06 可爾必思原液

カルピス原液
（げんえき）

「**カルピス**」是深受全國民喜
愛的乳酸菌氣泡飲料，富含乳酸菌
有益健康，擁有高人氣。可以到超
市購買原汁，較方便帶回國，回去
後再加水飲用即可。日
本人在夏天時喜歡先泡
濃一些，再冷凍起來
享用。

07 宇治抹茶生巧克力

宇治抹茶生チョコレート
（うじまっちゃなま）

「**宇治**」位於京都南部，以抹
茶聞名。製作的「**生チョコレート**
（生巧克力）」，是到日本旅遊必
買的伴手禮。許多品牌都有出「**抹
茶生チョコレート**（抹茶生
巧克力）」，如果喜歡
巧克力，到處比較也是
一種樂趣。有一些人氣
品牌的巧克力商品，在
機場免稅店也買的到。

08 白色戀人

白い恋人
（しろ　こいびと）

1976年推出以來，一直深受喜
愛的白色戀人白巧克力，是到北海
道必買的伴手禮。以前只能到北海
道購買，現在各機場免稅
店都有進貨。餅乾間的
柔軟白巧克力是招牌，
很適合配茶享用。

09 海苔片

海苔チップス
（のり）

日本的海苔較厚，有非常多種的口味，稱為「**海苔チップス**
（海苔片）」。就如同洋芋片，適合當作下酒菜，有些品牌的海
苔片還能拿來配飯和配菜。也有很多人因為包裝精美而購買。

03 跟著看購物清單

冰箱磁鐵	れいぞうこ **冷蔵庫マグネット**	
便當盒	べんとうばこ **弁当箱**	
陶瓷	とうじき **陶磁器**	
印章	いんかん **印鑑** ＊有人會買日本的印章作為紀念	
招財貓	まね ねこ **招き猫**	
抹茶碗	まっちゃわん **抹茶碗** ＊製作抹茶使用的碗	
抹茶組合	まっちゃ **抹茶セット** ＊製作抹茶使用的道具組合	
零錢包	**がまぐち**	
扇子	うちわ **団扇**	
摺扇	せんす **扇子**	
盆栽栽培套件	ぼんさいさいばい **盆栽栽培セット** ＊小植物的栽培套件	
日本酒	にほんしゅ **日本酒**	

生巧克力	<ruby>生<rt>なま</rt></ruby>チョコレート	
手帕	ハンカチ	
藝術商品	アートグッズ ＊以藝術家作品為主題的商品	
藝術作品	アート<ruby>作品<rt>さくひん</rt></ruby>/<ruby>絵<rt>え</rt></ruby>	
江戶藝術面膜	お<ruby>江戸<rt>えど</rt></ruby>アートマスク ＊以江戶藝術風格包裝的面膜，很受遊客喜愛	
鑰匙圈	キーホルダー	
傘（日本製）	<ruby>傘<rt>かさ</rt></ruby>（<ruby>日本製<rt>にほんせい</rt></ruby>）	
浴衣	<ruby>浴衣<rt>ゆかた</rt></ruby> ＊日本夏季傳統服飾	
玩偶	<ruby>人形<rt>にんぎょう</rt></ruby>/ドール	
甜酒	<ruby>甘酒<rt>あまざけ</rt></ruby> ＊也有無酒精的甜酒	
日本海苔	<ruby>日本<rt>にほん</rt></ruby><ruby>海苔<rt>のり</rt></ruby>	
木屐	げた	

御守	お守り	
御守袋	お守り袋	
日本人偶	日本人形	
和風周邊商品	和グッズ	
手帕／日式手帕	手ぬぐい／和手ぬぐい	
煎餅	せんべい	
筷子	お箸	
筷架	箸置き	
茶	お茶	

抹茶（粉）	抹茶(粉末タイプ)
煎茶	煎茶 ＊以水蒸汽蒸過的茶葉泡成的綠茶
玄米茶	玄米茶
焙茶	ほうじ茶

深蒸綠茶	深蒸し茶
	（ふかむちゃ）
	*比一般煎茶蒸過更久的綠茶

漬蔬菜	漬物
	（つけもの）

花林糖	かりんとう
	*外表沾滿黑砂糖的日本傳統點心

電線周邊	ケーブルアクセサリー

章魚燒機	たこ焼き機
	（や）（き）

風鈴	風鈴
	（ふうりん）
	*隨風吹響起的掛鈴

風呂敷	風呂敷
	（ふろしき）
	*日本傳統的用來包裝物品的布

04 馬上就能用的會話

01. 這間店的人氣商品是什麼？
ここの 人気商品は 何ですか。
<small>にん き しょうひん</small> <small>なん</small>

買拌手禮時，有時候可能會下不定決心該買什麼？這種時候，可以用
這句來請店員給建議，店員通常會推薦外國人喜歡的商品。

02. 請教我使用方法。
使い方を 教えて ください。
<small>つか かた</small> <small>おし</small>

有些日本產品用法很複雜，搞不懂時可以使用這句來向店員請教。

03. 有英文的說明書嗎？
英語の 説明書 ありますか。
<small>えい ご</small> <small>せつ めい しょ</small>

買禮物給親朋好友時，附上說明書會更方便。上面這句表達，可以詢
問是否有英文、中文的說明書。

| 相關表現 | 中国語<small>ちゅうごくご</small>の 説明書<small>せつめいしょ</small> ありますか。
有中文的說明書嗎？

04. 可以給我店家名片嗎？
お店の 名刺を もらえますか。

如果滿意店家，可以索取名片，避免忘記，下次才能前往。這句表達
是鄭重地詢問是否有名片。

05. 請幫我分開包裝。
別々に 包んで ください。

如果購買多個拌手禮時，可以使用這句表達，請店員幫忙分開包裝。

| 相關表現 | 一ひとつずつ 包つっんで ください。 請幫我一個一個包裝。

06. 請幫我包好，避免破碎。
割れないように 包んで ください。

購買易碎的玻璃或陶瓷商品時，可以這樣向店員要求包裝。一般易碎
物品在搭飛機時都會隨身帶在身上，不過為了預防萬一，最好還是請
店員好好包裝。

台灣廣廈 國際出版集團
Taiwan Mansion International Group

國家圖書館出版品預行編目（CIP）資料

點餐・購物日本語：從菜單到購物清單，教你一定要學會的日語怎麼說/康翰娜著；陳靖婷譯. -- 初版. -- 新北市：語研學院出版社, 2022.06
面；　公分
ISBN 978-626-95466-1-9（平裝）
1.CST: 日語 2.CST: 讀本

803.18　　　　　　　　　　　　111000344

語研學院
LA PRESS　Language Academy Press

點餐・購物日本語
從菜單到購物清單，教你一定要學會的日語怎麼説

作　　　者／康翰娜　　　　　編輯中心編輯長／伍峻宏・編輯／尹紹仲
翻　　　譯／陳靖婷　　　　　封面設計／張家綺・內頁排版／菩薩蠻數位文化有限公司
　　　　　　　　　　　　　　製版・印刷・裝訂／皇甫・秉成

行企研發中心總監／陳冠蒨　　線上學習中心總監／陳冠蒨
媒體公關組／陳柔彣　　　　　產品企製組／黃雅鈴
綜合業務組／何欣穎

發　行　人／江媛珍
法律顧問／第一國際法律事務所 余淑杏律師・北辰著作權事務所 蕭雄淋律師
出　　　版／國際學村
發　　　行／台灣廣廈有聲圖書有限公司
　　　　　　地址：新北市235中和區中山路二段359巷7號2樓
　　　　　　電話：（886）2-2225-5777・傳真：（886）2-2225-8052

代理印務・全球總經銷／知遠文化事業有限公司
　　　　　　地址：新北市222深坑區北深路三段155巷25號5樓
　　　　　　電話：（886）2-2664-8800・傳真：（886）2-2664-8801
郵政劃撥／劃撥帳號：18836722
　　　　　　劃撥戶名：知遠文化事業有限公司（※單次購書金額未達1000元，請另付70元郵資。）

■出版日期：2022年06月　　　ISBN：978-626-95466-1-9
　　　　　　2024年07月2刷　　版權所有，未經同意不得重製、轉載、翻印。